Aimer... malgré tout

collections
À VIVE VOIX et *RENCONTRE*
Dirigées par : Marie de Solemne

À VIVE VOIX

Aimer désespérément.
Marie de Solemne, (avec André Comte-Sponville, Étienne Klein, Jean-Yves Leloup).
La Grâce de solitude.
Marie de Solemne, (avec Christian Bobin, Jean-Michel Besnier, Théodore Monod, Jean-Yves Leloup).
Innocente culpabilité.
Marie de Solemne, (avec Paul Ricoeur, Philippe Naquet, Stan Rougier, Jean-Yves Leloup).
Insaisissable Fraternité.
Marie de Solemne, (avec Alain Finkielkraut, Albert Jacquard, Jean-Louis Schnetzler, Frère Jean).
La Sincérité du mensonge.
Marie de Solemne, (avec Boris Cyrulnik, Paul Lombard, André Bercoff, Christian Delorme).
Entre désir et renoncement
Marie de Solemne, (avec Robert Misrahi, Sylvie Germain, Julia Kristeva, Dagpo Rimpoché).
De la Mémoire à la responsabilité
Marie de Solemne, (avec Geneviève de Gaulle Anthonioz, Edgar Morin, Emmanuel Levinas).
La Condition humaine et le temps
Michaël de Saint Chéron, (avec Elisabeth Badinter, Jacques Attali, François Gros, Lama Jigmé Rinpoché
Le Mal d'incertitude
Marie de Solemne, (avec Alain Ehrenberg, Malek Chebel, Gérard Israël, Marc Lachièze-Rey)

RENCONTRE

Aimer...malgré tout
Marie de Solemne, (avec Jean-Yves Leloup)
Passeur de vies
Marie de Solemne, (avec Jacques Salomé)
L'Enthousiasme et la joie au temps de l'exaspération
Marie de Solemne, (avec Robert Misrahi)
Je peux changer
Nathalie Calmé, (avec Paule Salomon)

ISBN : 2-84454-003-1

AIMER... MALGRÉ TOUT

Éditions Dervy
204, boulevard Raspail
75014 Paris

« Aujourd'hui je ne cherche plus le sens,
je cherche l'issue. »

Jean-Yves LELOUP

PROLOGUE

En marche...

Aujourd'hui plus que jamais...

Voici comment débutent bien des écrits contemporains, mais ce n'est pas toujours juste. Si nous parlons d'amour, de souffrance, du questionnement incessant de l'être humain face à son destin, alors non, le bon début n'est pas : « aujourd'hui plus que jamais »...

Il serait plus exact de dire : aujourd'hui comme jadis, et peut-être même comme demain, trop souvent nous ne comprenons rien à ce qui nous arrive, nous sommes égarés dans nos désirs, nos obligations, et parfois malgré tout, malgré nous, nous renonçons à aimer, nous renonçons à vivre dans la dignité !

Existe-t-il un chemin qui traverse les abîmes ?

Existe-t-il une issue à l'absurde ?

Depuis longtemps, nous savons que ces questions, bien que souvent jamais énoncées, formulées, constituent néanmoins la pierre d'angle de nos souffrances inavouées, l'essence même de la fatigue immense d'être soi.

Pourtant, à l'acmé de l'interrogation la réponse philosophique seule, si puissante soit-elle, ne suffit plus. Prises isolément, les clés psychologiques freudiennes, lacaniennes ou jungiennes, ont déjà démontrées leurs limites. Et une voie spirituelle ou religieuse privée de tout esprit scientifique, métaphysique et psychanalytique nous laisse sur notre faim, nous parlant de l'issue sans suffisamment bien nous montrer le chemin, sans clairement expliquer pourquoi nous ne parvenons plus à marcher.

Mais justement, la grande force de la parole de Jean-Yves Leloup est qu'elle est systématiquement informée, à la fois, par une réflexion philosophique, psychanalytique et spirituelle.

C'est ainsi que, peu à peu, s'effondrent les barrières entre les disciplines pour que s'ouvre devant nous le chemin qui nous appelle.

Nous avons tous été, une ou plusieurs fois dans notre vie, confrontés à des impasses. Impasses amoureuses, impasses relationnelles, familiales, professionnelles, impasses spirituelles... Le travail de chaque être humain est alors de transformer l'impasse en chemin ! Mais pour cela ne nous manque t-il pas bien des éléments de discernement ? Eléments indispensables pour choisir sa vie au lieu de la subir.

Comment faire de cette impasse un passage ?!

Voici la question principale qui a motivé et jalonné tout le travail de cet ouvrage. En effet, depuis quelques années déjà, nous entendons beaucoup parler de « sens » : trouver un sens à ce que l'on vit, donner un sens à ce que l'on subit, etc. Mais si donner un sens à l'épreuve, voire même à l'absurde, peut parfois nous aider à comprendre, bien souvent cela ne suffit pas pour traverser.

Dès lors, comme nous le déclare Jean-Yves Leloup : « *Aujourd'hui, je ne cherche plus le sens, je cherche l'issue.* »

Oui, il s'agit bien maintenant de transformer l'impasse en chemin, de donner, de trouver une issue à nos vies arrêtées par un malheur, arrêtées par une crainte, un souvenir terrible, arrêtées par un avenir trop incertain !

En marche ceux qui pleurent, dit Jésus dans *Les Béatitudes*.

Nous ne pleurons pas tous ces larmes d'eau salée qui expriment un désarroi, une peine, une grande fatigue. Nous ne montrons pas tous la fluidité qui nous habite et parfois nous submerge. Mais presque chacun d'entre nous, savons qu'il arrive de ne plus rien comprendre, de ne plus rien vouloir, de ne plus rien savoir... Les ruisseaux de larmes sont là, mais à l'intérieur, cachés des regards fuyants, et tellement retenus par la pudeur ou la peur qu'ils envahissent alors le cœur, le noient ou, paradoxalement, l'assèchent...

Ainsi naissent les hommes aux cœurs de pierre...

Cette rencontre avec Jean-Yves Leloup a justement l'espoir, le désir, d'aider à retrouver le sens de la marche, le goût de la joie, l'énergie pour que chacun découvre son issue personnelle, pour chacun fasse de son destin une destinée.

Les thèmes abordés n'ont pas la prétention d'être exhaustifs, mais ils réunissent les questions qui reviennent le plus fréquemment dans les conversations intimes, amicales ou médicales.

Nous ne le savons que trop : les guerres sanglantes des continents commencent par un esprit de guerre familiale, par un état de guerre dans le couple, par une disposition guerrière envers soi-même...!

L'amour, le désir, l'orgueil, l'humilité, l'aveu, le pardon, le mystère du bonheur, ou l'alliance dans le mariage sont autant d'occasions de guerre ou de paix, autant d'occasions pour mutuellement apprendre à se connaître, à s'apprécier plutôt que toujours tenter de se détruire.

Le moment capital de cette recontre seront les deux derniers chapitres où est analysée une notion fondamentale : l'homme est à la fois flou et fluide !

Et bien qu'au premier abord ce constat puisse déstabiliser nous comprenons vite que nous tenons là les clés du comportement humain, ces mêmes clés qui peuvent *ouvrir la porte sur le Jardin*, c'est-à-dire offrir une issue à notre chemin.

Marie DE SOLEMNE

I

La liberté d'une vie choisie

Peut-on concilier la notion d'une destinée « prétracée » et celle d'une liberté ontologique de l'homme ? L'une ne s'oppose-t-elle pas à l'autre ?

L'Homme est un mélange de nature et d'aventure. Il s'agit d'accepter sa nature. Si ma nature est d'être de l'argile plutôt que du marbre, je n'y peux rien. Ce que j'appelle mon karma, c'est la loi de la cause et de l'effet, mon code génétique, mon héritage, le paquet de mémoires que je suis. L'ego, le Moi, est constitué de toutes ces mémoires. C'est le terrain, la matière, la forme...

Lorsque vous dites « toutes ces mémoires... », faites-vous allusion à la mémoire collective, individuelle ou encore familiale, ou s'agit-il de mémoires de vies précédentes comme nous le transmettent certaines traditions ?

Peu importe. Dans tous les cas, il s'agit bien d'un code génétique : la mémoire de l'humanité. Dans mon corps, je détiens la mémoire des anciennes galaxies puisque, comme nous le savons, nous sommes des poussières d'étoiles. Si nous entrons dans la conscience de nos cellules, nous retrouvons toutes ces vieilles mémoires. Parler de « vies antérieures » est donc une manière d'exprimer cela. Néanmoins, bien que notre matière soit constituée de cette mémoire de l'humanité, c'est par l'orientation que nous donnerons à cette mémoire, par l'aventure que nous ferons vivre à notre nature, qu'intervient notre liberté.

La première liberté, est d'adhérer à ce qui est.

D'adhérer à ce « paquet » qui nous est confié ; accepter que ce soit du marbre ou de l'argile... Car avec cet argile je peux faire un pot de chambre ou une Vénus de Milo...!

En fait la liberté ne résiderait pas dans l'acte de choisir mais dans celui d'accepter ?

Oui. Cependant s'il est juste de dire que l'*on devient libre à l'égard de la nature en lui obéissant*... il faut ajouter : mais aussi en l'orientant. La liberté n'est pas passivité ! Certes, ma liberté est d'adhérer à ce qui est, c'est-à-dire à ma matière, à ma nature, à mon héritage, mais en l'orientant vers ce qui (pour moi, dans mon désir) m'apparaît comme le beau, comme le meilleur.

Mais où se trouve notre liberté de choix ?

Nous avons la liberté de choisir ce qui est, ou de refuser ce qui est. Par exemple, à cet instant, je peux refuser votre existence ; je peux vous demander de sortir ; je peux même vous mettre à la porte... Et nous allons nous battre ! Mais je peux aussi accepter que vous soyez là ; je serais d'autant plus libre au fait que vous soyez présente si j'y adhère totalement. Et si j'aime que votre présence... alors je deviens de plus en plus libre !...

Face aux épreuves, nous savons que certains êtres humains réagissent avec fatalisme quand d'autres témoignent d'une extrême combativité. Lesquels usent bien de leur liberté ?

La liberté, c'est aussi la liberté d'interpréter. Nous sommes condamnés à interpréter. Ainsi, si je suis atteint d'un cancer, selon la manière dont j'interpréterai ce cancer, il évoluera différemment. Mon interprétation n'est pas simplement une pensée isolée, elle a une incidence physique.

Cette capacité en l'homme d'interpréter, de donner du sens à ce qui lui arrive (ou de ne pas en donner) est ce qui change son destin en destinée. Toute notre liberté réside dans le fait de passer d'une vie subie à une vie choisie. Il s'agit toujours de la même vie, des mêmes symptômes, de la même maladie, de la même souffrance ou du même bonheur... Mais si je subis, je n'exerce pas cette capacité qui est en l'homme d'interpréter, d'imaginer, d'orienter, de donner un sens à ce qui lui arrive... Et je suis alors dans l'identification.

Pour passer d'une vie subie à une vie choisie, l'homme a besoin de pouvoir justifier les épreuves qu'il traverse. Mais ne pensez-vous pas qu'il soit souvent bien difficile de trouver une justification humaine ou divine à certaines d'entre elles, par exemple, la perte d'un enfant, l'engloutissement d'une famille dans un génocide... ?

Il est vrai que la plus grande souffrance est celle à laquelle on ne peut donner de sens. Mais je crois qu'il y a un moment où l'on doit arrêter de chercher à justifier ; où l'on doit accepter que certaines choses n'aient pas de sens pour notre raison, ce qui ne veut pas dire qu'elles n'ont véritablement pas de sens... Certes, elles semblent absurdes ! Mais absurdes pour quoi ? Pour quoi ? Pour notre raison humaine.

Le sens de certaines épreuves est au-delà de la raison, au-delà de la compréhension. Nous devons découvrir l'acceptation du non-sens, l'acceptation de l'absurdité, car c'est ce qui nous aide à passer dans ce « sens qui est au-delà de la raison ». Voilà pourquoi l'expérience de l'absurde me semble très importante.

C'est au cœur de l'absurde que le sens de l'intolérable va m'apparaître. Autrement, ce ne sont que raisons et justifications. La vie ne se « justifie » pas... Le poète, le sage, ou toute personne ayant subi l'épreuve (l'épreuve du feu, l'épreuve de la vie) ne se justifie plus, ne donne plus d'explications... car la vie elle-même ne donne pas d'explications !

Plutôt que réfléchir sur le sens de la vie, il s'agit de la vivre. Et le sens se révèle dans l'intensité avec laquelle nous vivons cette vie-là. Sinon, nous nous posons en dehors de la vie, et nous nous observons en train de vivre...

Au cœur de l'absurde, ou face à une situation insupportable, certaines personnes s'adressent parfois à un médium. S'il est vrai que dans ce domaine beaucoup de charlatans sévissent, il est cependant indéniable que certaines prédictions se voient confirmées dans le temps. Où est la liberté de l'homme si une personne étrangère peut lui « pré-dire » son avenir, la finalité de l'épreuve ?

Il s'agit-là de l'exercice même du talent prophétique. Mais le talent prophétique ne permet pas de voir l'avenir... il permet de voir le présent ! Et ce présent contient la cause qui précède l'événement, et les effets qui suivront. C'est dans la profondeur même du présent que l'on « voit ». Mais nous ne sommes jamais sûrs... Les effets attendus peuvent rencontrer un obstacle imprévu, qui aura pour conséquence de modifier l'enchaînement logique des causes et des effets.

Les prédictions d'un médium ne seraient finalement qu'une probabilité analytique comportant un risque d'erreur ?

En quelque sorte, oui. Lorsqu'un médium vous regarde, il voit ce que vous êtes, et dans ce que vous êtes, il voit ce que vous pouvez devenir. Le Bouddha disait : « *Vous voulez connaître vos vies antérieures ? Regardez ce que vous êtes maintenant : vous en êtes le résultat. Vous voulez savoir ce que vous serez plus tard ? Regardez ce que vous êtes maintenant. Si vous savez ce que vous êtes aujourd'hui, vous savez ce que vous serez demain...* »

Qui est capable de se « regarder » ainsi ?

Tout le monde en est capable. Quelquefois la vie nous oblige à nous regarder ainsi.

Ainsi nous sommes tous médiums ?

Bien sûr. Nous sommes tous intelligents, nous savons tous lire dans le réel. Mais il est vrai que parfois que nous ne savons plus lire ; nous avons perdu le goût de lire, le goût de la lecture. Ce n'est pas la lumière qui manque à nos yeux, ce sont nos yeux qui manquent à la lumière. La lumière, elle, est toujours là. Ce qui est, est... Nous pouvons ouvrir nos yeux ou les fermer, comme nous pouvons ouvrir nos volets au soleil ou les fermer, mais ce n'est pas parce que nos volets sont fermés que le soleil n'existe pas ! Ce n'est pas parce que nous disons « non ! » que Dieu n'Est pas...

Lorsque vous dites « Ce qui est, est », je pense à l'abîme qui sépare « Ce que je suis » et « Ce que je voudrais être »...

Ce qui crée l'angoisse est justement l'écart entre ce que je voudrais être (l'idée que j'ai de moi), et ce que je suis. Plus l'écart diminue, plus l'angoisse s'allège, car il y a de moins en moins de prétention, d'attente.

Cette attente-là, n'est-ce pas ce que nous nommons désir ?

Il faudrait découvrir le désir sans attente. Le désir sans attente est une ouverture à ce qui est. C'est aimer ce qui est, au lieu d'aimer ce qui n'est pas.

En fait, c'est désirer ce que l'on possède déjà ?

Désire tout ce que tu as, et tu as tout ce que tu désires... L'évangile de Thomas dit aussi : « *Si on voyait ce qu'on voit... !* »

Mais ne voit-on pas uniquement ce que l'on a envie de voir ?

C'est pour cela qu'on ne voit rien ! Mais ce n'est pas mal de rêver, ça fait marcher. Connaissez-vous l'histoire de cet homme qui, une nuit, rêve que là-bas, sous un chêne près d'un village, se trouve un trésor caché. Ce rêve est tellement fort, tellement intense, qu'il se dit : « Il faut que j'y aille ! » Il se met donc en route. Il traverse toutes sortes de pays, de déserts, et enfin arrive. Là, exactement comme dans son rêve, il voit le village, l'arbre, et sait que sous cet arbre, il y a un trésor. Sous le chêne, il rencontre un homme. Il lui raconte son rêve et dit : « Sais-tu que sous ton arbre se trouve un trésor ? » L'autre le regarde en riant et répond : « Sais-tu que ton rêve m'en rappelle un autre que j'ai eu il n'y a pas très longtemps. Il se passait dans un pays où se trouve une petite maisonnette près d'un village. Et quand tu creuses sous le plancher de la maisonnette, tu découvres un trésor... » Tout d'un coup, l'homme se rend compte que le lieu décrit est sa propre maison ! Il repart... creuse, et, en effet, découvre le trésor qui était chez lui.

C'est souvent ça... Nous, nous allons en Inde, nous faisons de multiples détours, toutes sortes de rencontres.

Mais finalement, il est important de rêver, et surtout d'écouter ses rêves, pour découvrir ce qui est là.

II

La Mémoire et le Pardon

Vous évoquez souvent la puissance de la mémoire du corps. Qu'est-ce exactement que la mémoire du corps, et vous semble-t-elle plus fiable que la mémoire « intellectuelle » ?

La mémoire du corps est notre mémoire la plus archaïque. Le corps enregistre tout : ce que nous avons vécu dans le sein de notre mère comme après notre naissance. Notre respiration même est conditionnée par ces mémoires du corps, ces traumatismes qu'il a pu vivre. C'est la mémoire incarnée. Le corps se souvient de tout ce qu'il a pu vivre.

Moi, ce que j'aimerais retrouver est ce que je nomme « l'anamnèse essentielle » : faire mémoire de l'Être. Dans notre corps existe aussi un lieu où l'on peut se souvenir de l'Être qui est, un lieu libre, ouvert.

La mémoire du corps peut-elle être un outil pour atteindre l'Être en nous ?

En tout cas, c'est un outil pour se connaître soi-même. Sans doute un bon instrument. Le corps se souvient de choses qui, curieusement, n'auraient pas laissé de traces dans le mental. D'un espace peut-être...

Il existe deux sortes de violence : la violence physique et la violence psychique. Sont-elles enregistrées et interprétées par la mémoire de manière égale et laquelle sera la plus difficile à soigner, à extraire ?

Une violence physique laisse des traces explicites. Je le vois dans le cas de l'inceste. Quand le père ou la mère sont passés à l'acte, il y a une mémoire localisée. Mais si la pulsion est demeurée dans le désir plus ou moins conscient du père ou de la mère, tout devient plus diffus. Certes, notre corps en garde la mémoire, mais la peur qui en résulte est, elle aussi, très diffuse.

En revanche, si l'on a vraiment été touché, blessé, violé, là au moins, on sait ! C'est une mémoire presque immédiate, très, très physique, alors que la mémoire de violences psychiques, de manipulations dans lesquelles on a pu baigner (un enfant qui a grandi dans le conflit entre deux parents) est beaucoup plus diluée, imprécise. Laquelle est la plus pernicieuse, la plus douloureuse ? Il n'y a pas d'échelle de valeurs. La souffrance est la souffrance, mais il faut se garder de penser que sous prétexte qu'il n'y a pas eu de passage à l'acte aucune trace ne demeure, car malgré tout le corps, lui aussi, a ressenti quelque chose.

Vous semblez dire qu'il serait presque préférable qu'il y ait eu passage à l'acte !

Au moins c'est explicite. L'abréaction, le « revécu » de cette mémoire passée est plus facile lorqu'elle a effectivement été explicitée. Je dis plus facile, mais tout aussi douloureuse.

Est-ce qu'une violence subie mais non explicitée ne génère pas une sorte de paranoïa difficile à étiqueter ?

Tout à fait ! La paranoïa peut venir de la projection sur l'autre de désirs que, peut-être enfant, nous avons pu ressentir mais qui n'ont jamais été explicités. Alors, effectivement on s'*imagine* que l'autre veut ceci ou cela... tandis que dans l'exemple du viol, certes on se méfie, mais on se méfie sur la base d'éléments concrets, d'attitudes réelles, qui réveillent des angoisses.

La mémoire ne fait-elle pas obstacle à une quelconque possibilité de pardon ?

À quelqu'un qui nous a blessé, qui nous a fait souffrir, nous pouvons pardonner avec la tête, avec le cœur, mais le corps, lui, met beaucoup plus longtemps à pardonner. Il est très difficile de retrouver l'innocence du corps.

Dans l'éducation chrétienne, il est à la fois commandé de pardonner à son prochain et de ne pas juger. Le jugement me semblant pourtant précéder le pardon, n'y a-t-il pas là un paradoxe ? Le pardon nous appartient-il ?

Non, le pardon ne nous appartient pas. Le pardon est proprement divin. Il faut toujours se souvenir que le

Moi ne peut pas pardonner ; d'ailleurs, il n'a pas à pardonner, et ce n'est pas bon de pardonner tout de suite. Si quelqu'un vous a fait une offense, il faut s'expliquer avec lui. Parfois, cela demande rétribution. Avant la miséricorde, avant le pardon, il y a la justice divine. Mais ce n'est pas le Moi qui pardonne ; le Moi ne peut pas pardonner parce que justement, il n'oublie pas ce qu'il a vécu. En revanche, il arrive que le Moi s'ouvre à plus grand que lui-même. À cet instant, par-delà le Moi, le pardon passe. Il passe par-delà le don, par-delà l'acceptation.

Pensez-vous que, dans l'éducation chrétienne, la notion de pardon soit bien expliquée ?

Il est vrai qu'on ne peut pas dire à quelqu'un « il faut pardonner », comme on ne peut pas dire « Il faut aimer ». Le « il faut » est de trop. Mais on peut accepter ce qui est, chercher à comprendre, exiger même de comprendre. Car exiger, c'est aussi respecter l'autre ; c'est exiger de lui qu'il se rende compte de ce qu'il a fait. Puis, au cœur de la compréhension, au cœur de l'explicitation, au cœur de l'affrontement qui réclame justice, il y a un moment où nous sommes comme lavés de nos mémoires. Là, intervient quelque chose qui est par-delà le Moi, par-delà le don, et c'est ce qu'on peut appeler le pardon.

Effectivement, Dieu seul peut pardonner, mais il pardonne l'homme à travers l'homme. Le don gratuit, l'innocence retrouvée, l'homme aussi peut y participer. Nous sommes au cœur de l'Évangile, dans le *Notre Père* : « *Pardonne-nous, comme nous, nous pardonnons...* » signifie que l'énergie divine, l'amour divin, ne peuvent circuler que si nous-mêmes nous nous y ouvrons. Si je ne m'ouvre pas à cette possibilité qui est en moi, à cette capacité divine de pardonner à l'autre, la vie de Dieu ne peut circuler en moi. C'est ainsi qu'à certains moments, l'homme devient meilleur que lui-même.

III

Injustice humaine et Justice divine

Comment tout un peuple peut-il vivre l'horreur d'un génocide et en même temps conserver la foi en une justice divine ? Est-ce humainement possible ?

C'est possible car l'homme peut faire l'expérience en lui-même de quelque chose qui est au-delà de l'absurdité, de la folie et de la méchanceté. Je pense à l'exemple de ce Juif qui, voyant un enfant conduit vers le four crématoire, s'écrie : « Où est Dieu... Où est Dieu ?! » À ce moment, un de ses amis lui montrant l'enfant, lui dit : « Dieu... il est là ! »

Dieu, c'est ce qu'il y a d'innocent en nous, Celui qui souffre du mal, et non Celui qui le permet ou le crée. Dieu, c'est la Vie innocente qui souffre. Le Christ lui-même a incarné cette innocence, et la trahison de ses amis était une souffrance absurde ! Mais il ne donne pas d'explication à la souffrance, il l'accepte quand elle est là, et la traverse... Il ne s'y arrête pas non plus. Il n'y a pas de complaisance. Les chrétiens sont parfois un peu complaisants avec la souffrance... c'est regrettable.

La souffrance est souvent tenue pour nécessaire. L'est-elle ?

Absolument pas.

Est-ce alors l'épreuve seule qui le serait ?

Rien n'est « nécessaire ».

Alors pourquoi l'expérience de la souffrance est-elle montrée comme une étape incontournable, essentielle à l'évolution ?

Parce que, malheureusement, l'homme se sent davantage exister dans la douleur...

N'est-ce pas un comportement masochiste ?

Oui. En l'homme, la connaissance s'éveille à travers la douleur. Pour la plupart, nous avons perdu cette capacité de connaître dans la joie. Nous ne sentons nos limites que dans la douleur. C'est, par exemple, évident dans le domaine de la santé : je ne sens mon estomac que lorsqu'il me fait mal ! Sans cela, je ne sais même pas que j'ai un estomac... C'est dommage. De même que l'on peut sentir son estomac sans avoir mal, on peut sentir son âme sans qu'elle nous blesse, sans qu'elle soit triste.

Mais comment sentir ce qui ne se sent pas ?... Nous

avons perdu cette sensorialité, cette sensualité de ce qui ne se sent pas. En effet, dans le masochisme nous avons besoin de choses qui nous font de plus en plus mal. Comme pour sentir le goût des aliments, nous avons besoin de nourritures de plus en plus épicées... parce que nous avons perdu le goût du simple, le goût de l'eau. Nous avons perdu cette sensibilité qui permet de sentir que dans l'eau, il y a de grands crus.

Ce besoin de souffrance chez l'homme, ne l'entraîne-t-il pas sur le chemin d'un paradoxe : flirter avec la mort pour avoir l'impression de vivre ?

C'est exact. Nous le voyons chez beaucoup d'adolescents. C'est la raison pour laquelle je ne suis pas tout à fait en accord avec Freud lorsqu'il parle de la « pulsion de mort ». Car ce n'est pas la mort que nous cherchons... Seulement, nous ne sentons la vie que lorsqu'elle est proche de la mort !

En fait, à défaut de trouver la Vie dans la vie, nous la cherchons dans la mort ?

C'est cela. Nous en avons un exemple dans les sports de l'extrême. C'est regrettable, mais nous avons beaucoup de mal à être un héros en mangeant notre soupe ! Nous avons besoin de situations dans lesquelles l'héroïsme se réveille en nous : on voit quelqu'un se noyer, on saute par-dessus le pont, et là... on découvre qu'il y avait de l'héroïsme en nous. Mais peut-on être dans cette même attitude de lucidité, de générosité, en mangeant sa soupe ?!...

Existe-t-il une autre manière de connaître l'intense que celle qui pousse à de telles extrémités ?

Sans doute... Mais n'a-t-on pas perdu cette capacité qu'a l'enfant de jouir par tous ses pores ? Il faudrait retrouver en soi ce « jouisseur polymorphe » ; celui qui sait jouir de ce qui est, sous différentes formes, qui n'a besoin ni de la douleur, ni d'une focalisation particulière de tel ou tel lieu de son corps.

IV

Les mobiles de Désir

Entre la projection d'un désir et l'accession au plaisir, il y a parfois un fossé infranchissable. Cette incapacité à retrouver le jouisseur en nous, n'engendre-t-elle pas de dangeureuses frustrations ?

En Inde, par exemple, il est dit que le désir nous met dans l'exil... Parce que l'on désire ce que l'on n'a pas. Alors que le plaisir, lui, est proprement divin.

La vie du saint, du sage, est une vie de plaisirs. Il jouit de ce qui est présent. Il peut même jouir de la souffrance... Il peut même jouir de la mort... !

C'est très paradoxal ?!

C'est complètement paradoxal ! Je pense à une réflexion de Jean Guitton qui, lors d'une discussion, me dit : « *Sur la croix, le Christ était au comble de la jouissance...* »

Sur le coup, je trouvais ce genre de réflexion insupportable ! Mais, si l'on réfléchit... Le Christ était effectivement au comble de la jouissance dans la mesure où il était au comble de l'amour ; dans la mesure où il se donnait complètement !

Si une souffrance est habitée par la conscience et par l'amour, elle demeure là, mais elle est alors contenue dans quelque chose d'infiniment plus vaste. Par exemple, si nous souffrons pour quelqu'un d'aimé, ce n'est plus la même souffrance...

Encore une fois, nous revenons à ce que nous disions précédemment : il faut passer de la souffrance subie à la souffrance, non pas cherchée, recherchée, mais à la souffrance acceptée et transformée par la puissance de l'amour.

Nous revenons également à ce besoin de justifier la souffrance par un « pour qui ? » Ainsi, quand l'homme a trop déçu, l'ultime raison à la souffrance, l'ultime « Qui » serait Dieu ?

Oui. Nous pouvons vivre sans « pourquoi », mais pouvons-nous vivre sans « pour qui » ?

Une mère, un père, peuvent vivre pour leur enfant ; un homme, une femme peuvent vivre pour l'être aimé, mais cela suffit-il ? Quand cet homme ou cette femme vous quitte, vous trompe... Quand cet enfant va mener sa vie ailleurs... Alors là, pour qui vit-on ?

Si nous vivons pour Dieu, pour l'Être, pour le Vivant, même la souffrance peut être un lieu d'expérience, un lieu d'offrande. Rien n'est perdu...

Pourtant, certains cessent parfois de vivre pour les autres, mais au lieu de vivre pour le Vivant, ils se mettent à vivre pour eux-mêmes...

Je ne sais pas si l'on peut vivre longtemps pour soi... ? Vivre pour soi, c'est vivre en se protégeant, en se défendant. C'est vivre sur la défensive. Ce n'est pas une vie où l'être se donne, c'est une vie où l'être se protège.

C'est vrai. Mais ne pensez-vous pas que la majorité des êtres se protège bien plus qu'elle ne se donne ?

Bien sûr. Nous passons toute notre vie à nous protéger de la Vie. Voilà pourquoi notre peur de la mort est proportionnelle à notre peur de la vie... à notre peur de l'amour !

Nous avons peur d'aimer, parce qu'aimer c'est mortel !

« L'amour est une maladie mortelle, sexuellement transmissible...! » *dit en riant Woody Allen. Il est vrai que l'amour fait peur... qu'il semble mortel ! Pourquoi ?*

Nous avons peur de nous perdre ! Mais perdre quoi ? Notre ego, notre moi, l'image que l'on a de soi...

Nos illusions ?

Oui. Nous n'avons d'ailleurs que des illusions à

perdre. Nous ne pouvons pas perdre la vie, nous ne pouvons pas perdre l'essentiel.

Est-il possible d'avoir traversé des expériences affectives décevantes, traumatisantes et cependant conserver la confiance en l'être humain ? Conserver une certaine forme d'innocence, de capacité à encore une fois s'offrir, se donner ?

Non. Je pense à ce verset qui dit : « *Malheur à l'homme qui se fie dans l'homme.* »

Il n'est pas demandé d'avoir confiance en l'homme, mais d'avoir confiance dans la Vie qui est en lui : d'avoir confiance dans ce qu'il a de meilleur que lui-même. Sans cela, avoir confiance en un homme, c'est se vouer à une grande désillusion.

Si vous attendez quelque chose de moi, vous allez être terriblement déçue... Mais si vous êtes sans attente, et en même temps pleine de confiance pour la Vie qui est en vous, qui est en moi, peut-être pourra-t-il se passer quelque chose. Parce que là, vous n'attendez plus rien de *moi*...

*Du Moi, de l'*ego... *?*

Oui. De la même manière, je ne peux rien attendre du Moi de l'autre. Je ne me confie pas, parce que je sais que ce Moi a des limites : il est changeant, menteur, il se raconte des histoires... Il est dans l'illusion. L'humain est une illusion !

En revanche, dans ce Moi il y a le Vivant, le Soi, l'Être... donnez-lui le nom que vous voulez.

« *Malheur à l'homme qui se confie dans l'homme* »

et « *Bienheureux celui qui met sa confiance en Celui qui Est* ». Il sera comme un arbre verdoyant au bord des eaux...

Celui-là, a confiance. Même si l'homme le trompe... Il n'en attendait pas plus !

Un passage de l'Évangile dit que Jésus sait bien ce qu'il y a dans l'homme... et Il passe son chemin. Il n'attend rien de l'homme, mais Il attend beaucoup de Dieu dans l'homme. Il révèle à l'homme ce divin qui est en lui. Il sait que, par lui-même, l'homme ne peut pardonner, mais Il sait également que si le Moi s'ouvre à plus grand que lui, peut-être le pardon passera-t-il. Et si le pardon passe, Dieu passe, le bonheur passe. Il y a une délivrance dans le pardon.

Il serait intéressant d'étudier les nœuds, les blocages de beaucoup de maladies qui ont pour origine quelque chose que nous n'avons pas pardonné. Ce nœud, c'est une mémoire qui bloque. L'ego, le Moi, est une mémoire en crispation.

De temps à autre, il se détend... Par surprise, au moment où nous ne nous y attendons pas. Nous ne pouvons pas dire « je veux me détendre », comme nous ne pouvons pas dire « je veux aimer »... Seulement parfois, de manière surprenante... ça passe !

V

Les rives de l'orgueil et de l'humilité

Dans le christianisme, l'humilité semble incontournable. Faites-vous une différence entre l'humilité et la modestie ? Avec laquelle combat-on l'orgueil ?

La modestie est une qualité, une vertu sociale de bon ton. Tandis que l'humilité est l'essence même de l'homme. Humilité, c'est le mot « humus », le mot Adam. Adam, veut dire la glaise, la terre rouge. L'homme humble, c'est l'Adam. Être homme, c'est se reconnaître terreux, glaiseux. C'est d'ailleurs pour cela que nous sommes tous frères, puisque nous sommes tous des *glaiseux* !

Que l'on soit rouge, jaune, blanc ou noir, nous sommes tous de la glaise, nous sommes tous de couleur peau !

L'humilité est la condition même pour être ce que l'on est : pour être humain. C'est la vérité de notre humanité.

La modestie, elle, est une vertu sociale. Voilà pourquoi lorsque dans le christianisme l'on parle d'humilité, il s'agit tout simplement de la condition humaine. Le seul moment où Jésus se présente lui-même, où Il prononce « Je », c'est lorsqu'Il dit « *Apprenez de moi que je suis doux et humble de cœur* ». Il aurait pu nous apprendre à faire des miracles, à marcher sur l'eau, à guérir des malades, à convertir tout le monde... Mais Il dit simplement : « *Apprenez de moi que je suis doux et humble de cœur.* »

En fait, ce qu'on a toujours à apprendre, c'est à être des hommes, c'est-à-dire de la glaise. Mais une glaise ouverte au Ciel ! Et cela, avec douceur et humilité.

Il est sûr que c'est la seule chose qu'on n'apprenne pas à l'université ! Nous apprenons à habiller notre glaise, à la maîtriser... ou à la mépriser. Alors qu'il s'agit tout simplement de la cultiver, de l'ouvrir.

Le printemps, c'est le jour où l'humilité fleurit... où l'homme verdoie. Maître Eckhart disait : « *L'homme humble verdoie.* » Et cet homme-là est celui qui est ouvert à ce que le Ciel lui donne.

Pourtant, certains n'interprètent-ils pas l'humilité comme une faiblesse ?

Pour Nietzsche, effectivement, l'humilité peut être lâcheté, démission, faiblesse... Mais il s'agit de la fausse humilité, parce que la noble humilité, c'est la vérité !

Être humble, c'est s'accepter glaise, mais c'est aussi s'accepter lumière. « *Tu es poussière et tu retourneras à la poussière.* » ; mais tu es lumière et tu retourneras à la Lumière !

Vous avez raison d'insister là-dessus, parce que l'on pense souvent qu'être humble c'est uniquement accepter nos limites. Cette dimension-là existe, mais être humble n'est pas seulement accepter nos limites, c'est également accepter nos qualités, accepter notre intelligence, notre beauté. C'est accepter notre grandeur, notre noblesse.

Quelquefois nous manquons d'humilité... Il faut beaucoup d'humilité pour, par exemple, s'accepter génial ! S'accepter génial... en acceptant que ce ne soit pas notre faute !

En fait, être humble, c'est accepter ses qualités et ses défauts ; être humble, c'est accepter ce que l'on est.

Je pense à une histoire avec Thérèse d'Avila. Une de ses sœurs lui disait : « Moi, je ne vaux rien... » Une sorte de démission, de mépris de soi-même. Les autres sœurs croyaient cette femme très humble, mais Thérèse d'Avila lui répondit : « Quel orgueil, quel orgueil ! ».

Lorsque vous en rajoutez, que ce soit en plus ou en moins, c'est toujours du mensonge ou de l'illusion. Et, encore une fois, l'humilité c'est la vérité, c'est être ce que l'on est.

Mais c'est la chose la plus difficile. Quand Jésus dit : « *Apprenez de moi que je suis doux et humble de cœur.* » Il dit : « Apprenez de moi que je suis un homme, mais apprenez aussi de moi que je suis un dieu... »

Dans l'humilité comme dans la modestie, il y aurait donc cette même notion de mesure ?

Oui, à cette nuance près que la modestie est uniquement de l'éducation. Être modeste, c'est être bien élevé.

Peut-on dire que la modestie serait une humilité extérieure, un « par raport aux autres », alors que l'humi-

lité est un état purement intérieur, un « par rapport à soi et à Dieu » ?

Oui. L'humilité est ontologique. « Apprenez de moi que je suis homme, et apprenez de moi que je suis Dieu », c'est avoir l'humilité de reconnaître sa divinité comme l'humilité de reconnaître son humanité ; que l'Infini se manifeste dans des limites.

En résumé, l'humilité c'est accepter ses limites, et accepter l'Infini qui est dans ces limites. Alors que la modestie c'est seulement être bien élevé, comme l'orgueil est simplement de la bêtise ! Les anges sont beaucoup plus humbles que les hommes, parce qu'ils sont beaucoup plus intelligents. Plus un homme est intelligent, plus il est humble. Car plus il sait ce qu'il sait, plus il sait ce qu'il ne sait pas !

L'humilité serait-elle la force de la faiblesse ?

Oui, bien sûr. C'est l'invincibilité de la vulnérabilité. C'est un paradoxe, mais les orgueilleux sont des gens très fragiles. Mettez une claque à un orgueilleux : il en est malade ! Donnez une claque à un homme humble : il vous demande ce qui vous arrive...

L'humilité est une grande force, mais l'orgueil c'est de la bêtise, un manque d'intelligence. L'humilité est le contraire de l'orgueil, c'est une délivrance de la bêtise ; et la modestie est la délivrance de la vanité. Humilité-Orgueil ; Modestie-Vanité.

Quand Lacan disait : « C'est la vérité mais non pas toute », il était bien élevé !

L'expression « bien élevé » peut aussi être très belle...

Elle est magnifique !

Éduquer ou élever un enfant sont deux expressions souvent considérées comme synonymes. Pensez-vous que l'on élève *les enfants ?*

Ah... si c'était vrai ! Il y a très peu d'enfants qui soient « bien élevés ». Qui soient élevés tout simplement... Pour les élever, il faut d'abord les mettre debout, les faire tenir debout, leur donner de bons pieds. Pour bien les élever, il faut qu'ils aient de bons pieds, qu'ils soient bien humbles. Notre tâche est de leur donner de bonnes racines, le sens de leur glaise. Leur faire voir qu'ils peuvent se tenir debout. C'est merveilleux de se tenir debout, puis de s'élever, d'élever les bras vers le ciel, d'élever le cœur, de s'élever sans cesse. Mais pour bien s'élever, il faut être bien planté !

Peut-on être aussi humble devant les hommes que devant Dieu ?

Être humble, c'est être soi. Il y a un moment où l'on peut être autant soi-même devant les hommes que devant Dieu ; un moment où l'on n'a plus peur de rien. Quand on a tellement pris l'habitude d'être soi-même devant soi-même et devant Dieu, on peut également l'être devant les autres. Mais avec un peu plus de prudence. Comme nous le disions, il ne faut avouer sa faiblesse, montrer sa faiblesse, qu'à une personne qui n'en profitera pas pour affirmer sa force. Nous ne pouvons nous mettre nus que devant l'amour.

N'est-il pourtant pas terriblement dans la nature humaine que de profiter de la faiblesse de l'autre pour affirmer sa force ?

Ce n'est pas la nature humaine vraie, c'est la nature humaine dévoyée. Si vous êtes avec quelqu'un que vous aimez, vous ne profitez pas de sa faiblesse. Au contraire, vous aimez cette faiblesse, vous la choyez.

Cela ne dépend-il pas du type d'amour qui est en jeu ?

Même s'il s'agit d'un amour, je dirais, déjà simplement humain... Nous ne sommes pas là pour nous détruire. Nous sommes là pour nous faire grandir, pour nous élever. Là où il y a faiblesse, là où il y a vulnérabilité, c'est peut-être l'endroit le plus sacré, celui qui demande le plus de respect. Mais il est vrai que certains en profitent. Encore une fois, il ne faut pas se mettre nu devant tout le monde !

Nous pouvons nous mettre nus devant l'amour, pas devant la volonté de puissance. Sinon l'autre en profitera pour nous détruire !

Pour revenir à l'orgueil, ne pensez-vous pas que l'orgueil soit nécessaire à la survie, à l'évolution de l'homme ?

L'homme a besoin de fierté, de noblesse, mais il n'a

pas besoin d'orgueil. L'orgueil, c'est de la bêtise. L'orgueil, c'est se prendre pour ce qu'on n'est pas. En revanche, la fierté c'est être fier de ce que l'on est. Il est très différent d'être fier de ce que l'on est (de l'affirmer, de le confirmer) et d'être orgueilleux !

L'orgueil c'est de l'illusion, un manque d'intelligence otonlogique. C'est prendre pour de l'être ce qui n'a pas d'être... Voilà pourquoi on parle du péché d'orgueil, dans le sens de « être à côté ». *Harmatia*, le mot péché en grec, veut dire « viser à côté, être à côté de son axe ». L'orgueilleux est dans l'illusion : dans l'illusion de lui-même ! Alors que l'homme fier de ce qu'il est, est dans la confirmation de lui-même.

Ne croyez-vous quand même pas qu'être fier de ce que l'on est ressemble fort à de l'orgueil ? Ne faudrait-il pas plutôt être fier de ce que l'on sera... ?

Non, parce qu'être fier de ce que l'on est, c'est être fier du don que Dieu nous a donné ; être fier de l'être et de la forme que Dieu nous a donnés, en sachant que ce que l'on est maintenant n'est pas achevé. C'est infini, non-fini, et nous avons encore à devenir ce que nous sommes. Mais il faut néanmoins être fier de ce qui nous est donné.

Mais « être fier de ce que l'on nous a donné », ce n'est plus exactement la même chose... Ce n'est plus le Moi qui est fier...

C'est le Moi qui est fier du Soi qui est lui. Alors que chez l'orgueilleux, c'est le Moi qui est content du Moi ! Il est content de ce qui n'a pas de consistance !

Vous dites que l'orgueil c'est de la bêtise. Ne serait-ce pas aussi de la peur ? La peur du jugement extérieur, la peur de ses propres limites, de ses propres faiblesses ?

Il est vrai que l'orgueilleux est souvent quelqu'un de faible, de fragile. Il essaie de combler son manque par la vanité. C'est pour cela que les orgueilleux sont à prendre en pitié : ils sont souvent misérables. Malheureusement, ce sont des misérables qui ne se reconnaissent pas misérables, il est donc bien difficile de les aider ! Avec quelqu'un reconnaissant sa faiblesse, son manque, on peut grandir. Il s'agit de lui rendre sa fierté, sa dignité. Mais l'orgueilleux, on ne peut même pas lui rendre sa fierté, sa dignité, puisqu'il croit l'avoir !

Quelle différence faites-vous entre orgueil et vanité ?

Les vrais orgueilleux sont assez rares, alors que les vaniteux courent les rues ! Le vaniteux est quelqu'un qui n'est pas sûr de lui, qui a besoin d'en rajouter, de raconter des histoires pour donner une consistance à son *ego*. Mais si vous observez bien, vaniteux et orgueilleux sont tous deux de grands angoissés. Angoissés parce qu'ils ne sont pas sûrs d'exister. Ils n'ont pas accepté leur néant, leur non-être. Ce non-être dans lequel l'Être se manifeste.

L'humilité, c'est justement d'accepter ce néant dans lequel se manifeste la Lumière. On peut être très humble... et fier ! On peut être humble et digne. Ce qui frappe chez un sage, c'est sa grandeur comme son humilité. On sent une noblesse, une présence, une force, parce que ce qui est lui, c'est la Vie ! C'est l'intelligence créatrice, c'est l'Être même. Et ce, sans aucune prétention car il connait les limites et la vanité de son Moi...

Le mot vanité en hébreu c'est la *buée*. « *Vanité des vanités, tout est vanité...* » pourrait être mieux traduit par « Buée de buée, tout est buée... » L'homme humble est celui qui connait sa *buée*, et qui ne vous l'impose pas ! Mais l'orgueilleux, comme le vaniteux, a peur de son manque, a peur de son rien.

Même si l'homme désire vraiment atteindre cet équilibre humilité-fierté, ne pensez-vous pas qu'il vive dans un monde qui, lui, cultive l'orgueil, l'ambition orgueilleuse, jusqu'à en faire un critère de sélection ?

Oui, il le cultive ! Et c'est pour cela qu'il y a de plus en plus d'angoissés. L'orgueil flatte l'idée que l'on se fait de soi-même au lieu de réveiller notre véritable identité.

Mais actuellement, si vous n'êtes pas ambitieux, vous êtes un faible. Comment sortir de l'impasse ?

Là aussi : ambition de quoi ? Avoir l'ambition de devenir soi-même est une belle ambition, c'est même une vocation. Mais avoir l'ambition d'être le premier, de dominer les autres, c'est de la bêtise. Est-ce l'ambition d'avoir ou l'ambition d'être ?!

Ne vivons-nous pas dans une société d'avoirs... ?

Parce qu'on manque d'être ! Et nous pensons combler

notre manque d'être avec de l'avoir : avoir des diplômes, avoir de grosses voitures, avoir un bon compte en banque, même *avoir* beaucoup d'amis...

C'est chercher à être un, uni à l'Un, en se gorgeant de multiple ?

Oui. Mais attention, le multiple en lui-même n'est pas mauvais. L'avoir n'est pas mauvais. Il ne faut pas opposer l'être et l'avoir, mais l'être et l'avare !

L'avare est celui qui s'approprie l'avoir. Avoir, c'est bon si on le partage. C'est un moyen de communication, de communion. Avoir des livres, avoir de l'intelligence, avoir des amis... c'est bien. Mais nous devenons des avares de nos avoirs. À ce moment-là, l'avoir nous coupe de l'être.

Ce n'est pas l'avoir en soi qui est mauvais, mais son appropriation. Nous ne devons pas opposer l'être et l'avoir car certaines personnes se servent de leur avoir pour être plus. Ils ont des amis, mais ne les possèdent pas. En revanche, ces amis leur permettent d'être davantage, parce qu'ils s'enrichissent dans leurs conversations. Certains ont de l'argent, mais au lieu d'en être avares cet argent leur permet de faire des voyages, de rencontrer d'autres personnes, ou d'aider les plus démunis. Dès lors, l'argent est un moyen d'être davantage, d'être généreux.

L'avare, lui, ne fait que diminuer son être !

Par crainte de se faire déposséder de son avoir, il s'isole des autres et par voie de conséquence, de lui-même ?

Oui, parce qu'il manque d'être. Parce qu'il identifie l'être à son avoir. C'est toujours la bêtise, c'est toujours l'illusion.

C'est toujours la peur aussi...

Oui, bien sûr. Mais une peur toujours fondée sur une ignorance de l'être. Dans la tradition de l'Inde, on dit que la source de la souffrance et du malheur est l'ignorance. Je crois que c'est très vrai. Il ne s'agit pas de l'ignorance du fait de manquer de savoir, mais de l'ignorance de l'être que nous sommes. L'ignorance de notre humilité et de notre grandeur, l'ignorance de notre divinité et l'ignorance de la forme dans laquelle cette divinité s'incarne en nous.

La tradition chrétienne parle-t-elle assez de notre grandeur *? N'a-t-elle pas plutôt tendance à ne parler que de nos limites, de notre petitesse ?*

C'est vrai. Mais ce n'est pas la véritable tradition chrétienne. C'est une déformation de la tradition chrétienne. Dans les grands textes des Pères de l'Église, il y a sans cesse cette insistance : « *Chrétien, souviens-toi de ta dignité ; souviens-toi que tu es un autre Christ.* » Ce que le Christ a incarné, nous avons, nous aussi, à l'incarner.

Tout le thème de la grande théologie des premiers siècles, est le thème de la divinisation : « *Dieu s'est fait homme pour que l'homme devienne Dieu.* » Dieu a révélé que Sa divinité, c'est dans notre humanité qu'il s'agit de la manifester. C'est un rappel à la dignité de l'homme.

À ce propos je pense à une histoire qui l'illustre bien : « C'est l'histoire du fils du roi qui un jour tomba malade. Il oublie qu'il est fils du roi et se prend pour un dindon ! Il se déshabille et va sous la table. Il est nu, imite le gloussement du dindon et mange de petites graines... Pour le roi, il est terrifiant de voir ainsi son fils, son héritier, le futur maître du royaume, qui glousse, qui devient un dindon ! Le roi et la reine appellent alors tous les psychiatres de l'époque : des sages, des mages, afin qu'ils sauvent leur fils devenu complètement fou. Des sages arrivent, tentent de le soigner, mais tous échouent !

Le temps passe, jusqu'à ce que se présente un autre sage (qui n'a d'ailleurs pas l'air d'un sage, mais qui doit sans doute l'être puisqu'on l'annonce comme tel...). À la surprise générale, l'homme se déshabille, va sous la table et commence à glousser, à manger des graines. Mais le fils du roi devenu dindon s'exclame : « Ça ne va pas non ! Ca ne va pas... ! Tu ne vas pas faire comme moi ! Je suis un dindon... N'as-tu pas vu qui je suis ? ». Cependant, le sage répond : « Moi aussi, je suis un dindon ! ». Et petit à petit, ils lient conversation, nus sous la table. Ils mangent leurs graines, rient des hommes, enfin s'amusent beaucoup... Le temps passe, et un jour le dindon-sage demande quelques aliments de la table royale. Le dindon-fils de roi s'écrie : « Ça ne va pas non ! Tu ne vas pas te mettre à manger comme EUX ! » Mais l'autre, très calme lui répond : « Ne t'inquiète pas, ne t'inquiète pas... Ce n'est pas parce qu'on mange comme des hommes que l'on cesse d'être des dindons. Ce n'est pas grave. Nous pouvons manger comme eux, mais nous sommes toujours des dindons. Nous pouvons même jouer à manger comme eux...! »

Alors tous deux se mettent à prendre les mets de la

table royale. Le temps passe encore, puis un jour le dindon-sage met un caleçon, des chaussettes... Le dindon-fils de roi s'écrie encore : « Ça ne va pas, non ! Tu ne vas pas t'habiller comme EUX ! » Mais le sage le rassure à nouveau : « N'aie pas peur, n'aie pas peur... On s'habille comme eux, mais on reste toujours les dindons que nous sommes... » L'histoire continue ainsi jusqu'à ce que le dindon redevienne fils de roi, se souvienne de son identité première.

C'est une histoire simple... Mais c'est l'histoire même du Christ ! Le Christ, c'est le sage qui fait le dindon avec nous, qui mange les même graines que nous, et nous dit : « Oh... Ce n'est pas parce que tu aimes, ce n'est pas parce que tu deviens Dieu que tu cesses d'être un homme ! N'aie pas peur... N'aie pas peur... Ce n'est pas parce que tu deviens divin, que tu cesseras d'être humain ! ».

C'est ainsi que petit à petit l'homme retrouve sa dignité. Il se souvient qu'il est fils de Roi... En fait, notre malheur est que nous avons oublié que nous sommes les fils de Dieu. Que nous sommes les fils du Vent, les fils du Ciel... Et le Christ, peu à peu, nous rééduque. Il nous dit : « Aime tes ennemis. Pardonne. Mais ce n'est parce que tu pardonnes que tu cesses d'être un homme, ce n'est pas parce que tu es heureux, parce que tu pries, que tu cesses d'être un homme. Ce n'est pas parce que tu deviens Dieu que tu es moins homme pour autant... »

L'homme aurait-il peur de perdre ses faiblesses ?

Oui, tout à fait ! Il a peur de perdre le connu, et de s'ouvrir à l'infini.

Il aurait peur « d'être parfait » ?!

En réalité, il est parfait... Mais dans l'imperfection ! Voilà pourquoi il est si difficile d'être homme. Nous sommes Dieu dans la chair, nous sommes Dieu dans l'humanité. Mais nous, nous fonctionnons toujours avec un esprit duel : c'est « ou bien... ou bien ». Ou bien je suis Dieu, ou bien je suis un homme. Le Christ, lui, est vraiment Dieu et vraiment homme.

Il est l'archétype de la synthèse entre... le ciel et la terre ?

Oui, il est l'archétype de la synthèse entre la matière et l'esprit, entre Dieu et l'homme.

Entre la faiblesse et la force ?

Bien sûr !

Mais faiblesse et force ne sont-elles pas mal comprises de l'homme ?

Ce que les disciples ne comprirent pas, c'est que le Christ soit au comble de la puissance quand Il est sur la croix. Mais c'est parce qu'Il est au comble de l'amour ! Il montre alors que la véritable puissance est l'amour, et qu'on ne peut rien contre l'amour. Le Christ, on ne peut pas l'empêcher d'aimer : « *Pardonne-leur, ils ne savent pas ce qu'ils font...* » Jusqu'au dernier instant, Il est le plus fort. Et Il est le plus fort, dans l'extrême faiblesse !

Ce n'est plus alors ce que nous nommons faiblesse... *Le mot ne convient plus ?*

Justement, les mots ne conviennnent plus. Les mots ne conviennent plus quand nous entrons dans cette réalité qui est au-delà du binaire, dans cette réalité paradoxale. Nous, nos mots sont : soit c'est blanc, soit c'est noir ; soit c'est faible, soit c'est fort... Mais là, nous touchons une réalité qui n'est ni la faiblesse ni la force.

Le mot qui nous manque ne serait donc pas entre les deux, mais au-dessus ?

Oui, au-dessus. L'intégration n'est pas un entre-deux. C'est la force et la faiblesse ensemble, donc au-delà...

C'est cela la transcendance ?

Tout à fait. Le troisième terme qui n'est pas la somme des deux premiers. Ce n'est pas une somme de forces et de faiblesses, mais quelque chose qui les intègre et qui est au-delà. C'est comme dans le symbole du Tao : le blanc reste blanc, le noir reste noir ; il y a du blanc dans le noir, il y a du noir dans le blanc... Mais il n'y a pas de gris !

La force reste la force, la faiblesse reste la faiblesse, mais il y a une réalité qui les contient. C'est ce troisième terme qui est intéressant.

Ce Dieu en nous... Est-ce une divinité personnelle, impersonnelle, ou transpersonnelle ?

C'est souvent une impasse pour beaucoup de personnes. Ils recherchent la transcendance du côté de l'impersonnel. Dépasser l'ego est souvent une régression dans le pré-personnel. On se noie dans le Grand Tout ! On perd sa forme, on perd ceci, on perd cela, mais de toutes les façons : on perd ! Alors qu'il ne s'agit pas de perdre sa forme, il s'agit de l'ouvrir à quelque chose qui la dépasse, qui l'intègre. Si la dimension de personnalité est en nous, il s'agit de l'intégrer. Il y a en nous de l'impersonnel, il y a en nous du cosmique.

En ce moment, le Souffle qui nous traverse est impersonnel, il fait partie du cosmos. Puis, ce Souffle prend une forme personnelle : il prend votre regard, il prend votre façon de respirer, d'être, d'aimer, d'avoir peur, etc. Il prend ces formes-là, et c'est ce qui constitue votre personne.

Et, au-delà du Souffle cosmique qui vous habite, de la forme particulière de personne que vous êtes, la façon dont vous envisagez la vie, ce qui vous donne votre visage propre, il y a ce qui contient tout cela ! Vous êtes alors dans le Transpersonnel... Mais vous ne cessez pas, pour autant, d'être la personne que vous êtes.

VI

De l'amour anthropophage à l'*Agapè*...

*Au quotidien, nous ne rencontrons bien souvent que ce que j'appelle « l'amour anthropophage », alors que dans les écrits (notamment ceux des Pères du désert), nous découvrons une autre forme d'amour : l'*Agapè. *Il semble y avoir un abîme entre les deux. Est-il possible de traverser cet abîme ? Comment ?*

En français, le problème est que nous n'avons qu'un mot pour parler de l'amour. Nous aimons une femme comme nous aimons Dieu, les framboises, son cheval, son chien... En revanche, en grec, le premier mot pour parler de l'amour est le mot *Pornéïa*. Il s'agit de l'amour du bébé pour sa mère. C'est-à-dire qu'il la mange ! Ce qu'il aime c'est son lait, sa chaleur, l'objet maternant. Il est magnifique pour un enfant d'aimer de cette façon-là. Il faut voir comme il peut être goulu ! Mais c'est dommage lorsqu'il s'agit d'un homme de cinquante ans... Lorsqu'on sent que c'est un gros baigneur qui vous mange. Nous avons là un amour qui n'a pas évolué. Il existe encore de gros bébés à quarante, cinquante, soixante ans, qui n'ont pas fini de téter, qui n'ont pas fini de manger, qui n'ont pas fini de consommer le monde, de consommer les autres, de consommer le corps !

Après la *Pornéïa*, il y a *Eros*. C'est un très beau mot. Souvenons-nous que chez les Grecs, *Eros* est un dieu. Et nous, de ce dieu enfant et joueur, nous en avons fait un « vieux cochon » ! C'est regrettable, car ce dieu avait des ailes... Il est celui qui va donner des ailes à la *Pornéïa*, celui qui va mettre de l'intelligence dans la pulsion.

Qui va élever l'amour du bébé ?

Oui, l'élever, l'éveiller. *Eros* est l'amour de l'inférieur vers le supérieur, l'amour de la beauté. On le trouve chez Platon : « L'amour des beaux corps qui éveille l'amour des belles âmes. » Mais seulement s'il y a de l'*Eros* ! Car si l'amour des corps n'éveille pas l'amour des âmes, nous sommes encore dans la *Pornéïa*, dans la consommation.

Cependant, par l'*Eros*, tout d'un coup, dans l'étreinte des corps, dans l'attirance, dans la pulsion, naît aussi l'amour de l'autre, de sa beauté, amour qu'on ne peut pas *avoir*... qu'on ne peut pas *consommer*. Là, notre amour prend des ailes. C'est la totale dimension érotique. L'amour devient intelligent ; nous ne sommes plus seulement des bêtes... nous sommes aussi des anges. Mais nous sommes tout de même toujours des bêtes ! Et là est la difficulté ! C'est ici, je crois, que les chrétiens n'ont pas toujours réussi. Ils n'ont pas réussi à faire la synthèse entre la *Pornéïa* et l'*Agapè*. Entre l'animal en eux, et l'ange en eux. Ils ont une anthropologie incomplète.

Puis, après *Eros*, nous avons la *Philia*.

Encore un très beau mot, que l'on retrouve dans « philosophie ». *Philia*, *Philéo*, c'est : « je t'aime d'amitié ». Ce n'est pas l'amour de l'inférieur vers le supérieur, non plus que l'amour de celui qui manque vers celui qui a (souvenez-vous qu'*Eros* est fils de Pauvreté – le manque – et d'Habileté). *Eros* est à la fois plein de malice et plein de manque. L'amour érotique est très subtil, très malin, espiègle. C'est un lutin... mais en même temps, il y a du manque. Alors que la *Philia*, c'est aimer l'autre en tant qu'autre. C'est un amour d'échanges : je te donne et je reçois, je partage ce que je suis et je reçois ce que tu es. C'est l'amour humain proprement dit. Très peu d'êtres arrivent à s'aimer déjà de cette façon !

Lorsqu'on arrive à *Eros*, c'est déjà pas mal... Pourtant la *Philia*, l'amour de l'autre en tant qu'autre, aimer son ami..., c'est très beau, c'est l'échange, car l'autre est un autre moi-même.

Dans cet amour-là, il n'y a plus de manque ?

Oui et non. Il y a du partage, de l'échange. C'est l'amour des *ego*, où chacun est le soutien de l'autre, aide l'autre à aller vers le meilleur de lui-même, révèle à l'autre le meilleur de lui-même.

Maintenant, au-delà de la *Philia*, il y a l'*Agapè*.

Dans le vocabulaire grec, *Agapè* est un mot nouveau. Ce fut le christianisme qui amena la naissance de ce mot. Il naît un nouveau mot quand naît une nouvelle expérience. Ce fut l'expérience de l'amour gratuit, de l'amour pour rien !

Quand j'aime mon ami, j'attends au moins de lui qu'il m'écoute, qu'il me rende ce que je lui donne. Mais l'*Agapè*, lui, est un amour purement gratuit ! C'est surnaturel... Cet amour-là n'est pas de ce monde. Pour un psychanalyste, l'*Agapè* n'existe pas ! Pour lui, au plus haut niveau, n'existe que l'échange, et encore, il en doute souvent... Il pense que seul l'amour de désir peut exister. L'*Agapè* est impossible, parce que c'est la gratuité !

Parfois je donne l'exemple de l'amour d'une mère pour son enfant. Mais, finalement, je n'en suis même pas sûr... Une mère attend tellement d'être aimée... Nous produisons des « objets aimants ». Nous demandons à notre enfant l'amour qui nous a manqué. L'*Agapè*, lui, est véritablement un amour divin. Le signe pour savoir si on le vit, c'est d'aimer ses ennemis ! Être capable d'aimer ceux qui ne nous aiment pas, d'aimer ceux qui nous méprisent. Là, nous touchons une réalité qui n'est pas de ce monde, nous touchons le divin en nous.

À cet instant, ce n'est plus l'homme qui aime, mais Dieu ? Dieu qui aime à travers l'homme. N'est-ce pas un acte très passif ?

C'est s'ouvrir à cette capacité qui est en nous, d'aimer ce que l'on n'aime pas.

Oui, mais nous, nous ne faisons rien ! Ce n'est pas nous qui aimons, mais l'Être divin en nous, qui aime. Ce n'est pas le Moi...?

C'est le Moi qui s'ouvre au Soi. C'est le Moi, mais ce Moi est toujours libre de s'ouvrir ou non à cet amour.

Ainsi le Moi ouvre la porte au Soi, afin que le Soi puisse aimer ?

Bien sûr. Nous pouvons ouvrir nos fenêtres à la lumière, mais nous ne sommes pas le soleil. Il n'empêche pas moins que c'est nous qui ouvrons les fenêtres du Moi.

L'acte ultime du Moi est donc de permettre le passage ?

Oui, de s'ouvrir à Celui qui Est, à Celui qui aime en nous. Cet amour-là est un amour dont le Moi est incapable parce que le Moi ne peut pas aimer ses ennemis. Voilà pourquoi un jour, demandant à un Père (un *starets*) : « Comment puis-je savoir si Dieu est en moi ? Comment puis-je savoir si le Saint Esprit est en moi ? Quel est le signe ? » Il me répondit : « Quand tu aimes tes ennemis, parce que ça, tu ne peux pas le faire de toi-même. En revanche, tu peux t'ouvrir à cette nouvelle capacité, qui d'ailleurs t'étonnera car nous n'aimons pas ceux qui ne nous aiment pas... et c'est normal ! Il est plus naturel d'aimer ceux qui nous aiment. »

Aimer ceux qui nous aiment est même facile.

Ce n'est pas si facile que cela...

C'est tout de même plus facile d'aimer ceux qui nous aiment que ceux qui ne nous aiment pas ?!

Si nous aimions vraiment ceux qui nous aiment, ce ne serait déjà pas si mal ! Il faut commencer par là. Il faut commencer par aimer ses amis. Et avant de vouloir aimer ses ennemis, il faut cesser de *vouloir*. Je peux vouloir aimer mes amis, c'est un acte de volonté, mais vouloir aimer mes ennemis est impossible. Par contre, au lieu de les haïr, qui est une réaction normale (œil pour œil, dent pour dent ; tu me hais, je te hais...), je peux m'ouvrir à une nouveauté : la nouveauté d'aimer comme le Christ a aimé.

Quand le Christ dit : « *Aimez-vous comme je vous ai aimé...* », si l'on observe le texte nous voyons que le mot employé n'est ni *Eros*, ni *Philéo*, mais *Agapè* !

Agapétè Allelous... : Je vous donne un exercice nouveau. Le mot commandement c'est « *Mitsvah* » : un exercice. Si vous voulez me suivre, nous dit le Christ, eh bien... je vous donne un exercice. Exercez-vous à pratiquer l'*Agapè*. Exercez-vous à faire des choses gratuitement. Exercez-vous à aimer pour rien, puis à aimer ceux qui ne vous aiment pas. Vous verrez où cela vous conduira... Cela vous conduira jusqu'à Dieu !

Avant d'essayer d'aimer nos ennemis, peut-être pouvons-nous commencer par la voie du non-agir ? C'est-à-dire, au moins ne pas les détester, leur laisser la liberté de nous haïr ?

Oui. C'est la politique de non-nuisance. Ils ont le droit que notre tête ne leur revienne pas ! Ils ont le droit de ne pas nous aimer. Mais pour leur donner ce droit-là, il faut être drôlement mature. Car le bébé en nous qui demande de l'affection, qui demande tellement à être aimé, à ce moment-là, il n'est pas content du tout... ! Néanmoins, si nous avons une telle maturité, nous pouvons alors connaître ce qu'est un amour sans complaisance.

Nous, ce que nous appelons de l'amour, n'est généralement que de la complaisance. Nous aimons pour être aimés !

C'est le désir de reconnaissance ?

Tout à fait. Nous aimons pour avoir de la reconnaissance ou tout simplement pour que l'autre ne nous fasse pas de mal. Mais ça n'a rien à voir avec l'amour, c'est vraiment de la complaisance. Cependant, encore une fois, ce n'est pas répréhensible ; il s'agit d'une étape de notre évolution, un lieu de passage...

Comme je le disais, la *Pornéïa* est quelque chose de très beau. Un enfant a besoin de se nourrir, sinon il ne grandira pas. Cela dit, il serait dommage qu'il demeure dans la *Pornéïa* toute sa vie, car il passera à côté de l'amour, il passera à côté de l'*Eros*, il passera à côté de l'amitié, il passera à côté de l'*Agapè* !

Eros est également magnifique. N'est-ce pas magnifique de se sentir des ailes dans le corps ? Dans ce cas-là nos mains, au lieu d'être des griffes, ont presque des ailes. Le plaisir devient beaucoup plus grand que dans la simple consommation qu'est la *Pornéïa*.

Puis, si ce désir s'inscrit au cœur d'une amitié, dans la *Philia*, quel plaisir ! Ce sont là non seulement deux corps qui se touchent, mais deux âmes qui s'étreignent, qui se rencontrent. Nietzsche disait : « *Dans le véritable amour ce sont les âmes qui enveloppent les corps.* » Nous le ressentons dans une amitié entre deux êtres, une amitié amoureuse, une amitié érotique : il y a étreinte des corps, mais aussi étreinte des âmes. Nous pouvons même aller plus loin... Nous serons alors dans l'amour divin, où ce ne sont plus simplement les âmes qui s'étreignent mais les dieux qui s'étreignent ! C'est le divin qui rencontre le divin dans l'autre... À ce moment-là, on ne sent rien ! C'est cela qui est difficile... Dans la *Pornéïa*, on sent quelque chose : de la décharge, de la pulsion. Dans l'*Eros*, c'est encore mieux : c'est du plaisir et la jouissance est plus subtile. Dans la *Philia*, c'est presque sublime : nous touchons parfois le sublime. Mais dans l'*Agapè*... ?!

Il me semble que nous sommes appelés à cette divinisation. Mettre de l'*Agapè* dans l'enfant qui est en nous, qui veut consommer l'autre. Ne plus avoir peur de la pulsion, mais y mettre de l'*Agapè*. Mettre de l'*Agapè* dans l'*Eros*, mettre de l'*Agapè* dans la *Philia*... Et là, connaître l'amour gratuit !

C'est une bénédiction, nous bénissons Dieu. Nous l'accueillons dans notre étreinte, nous l'accueillons dans le don qu'Il nous fait de nous aimer. À cet instant, nous recevons l'amour de l'autre comme un don que Dieu nous fait pour l'aimer. Nous aimons l'autre avec l'Amour que Dieu nous donne pour l'aimer...

C'est Divin !

(Silence...)

Mais quelle difficile intégration, que l'intégration de l'enfant en nous qui mange, qui consomme ; et de celui qui donne, qui s'abandonne !

Je pense à une amoureuse comme Thérèse d'Avila. Dans certaines de ses confidences, elle dit que dans ses moments d'extases : « elle mouillait sa petite culotte » !

Bon, ça choque de dire cela... Mais c'est le rappel que l'Être qu'elle aimait, elle ne l'aimait pas d'une façon abstraite, elle l'aimait de tout son être. Le côté *Pornéïa* était lui aussi comblé, respecté. Dieu la faisait jouir à ce niveau de son être. Elle jouissait aussi dans son âme, dans son psychisme. Dieu n'excitait pas seulement son *Noûs*, son intelligence...

En revanche, chez Maxime le Confesseur, nous sentons que ses érections sont très cérébrales ! Mais il est possible d'être pornographe avec sa tête...

Il faudrait arriver à dire les choses clairement ! L'*Agapè*, c'est ce qui va permettre une sorte de « lâcher prise ». Que ce soit dans le corps, dans le cœur ou dans la tête. Il y a des personnes qui veulent « comprendre » Dieu, le saisir, l'avoir. C'est de la magie...

Il y a des pornographes au niveau du cœur : ils veulent « avoir » des émotions, des sentiments. Il y a une certaine forme de romantisme pornographique, c'est la pornographie du cœur ! Nous nous faisons des mises en scènes émotives, affectives, etc. Mais là aussi nous consommons, nous en faisons de l'avoir !

Mettre de l'*Agapè* dans tout cela, c'est justement permettre que quelque chose se détende dans le corps (et c'est mieux que de retenir son souffle !), permettre que quelque chose se détende dans le cœur (et c'est mieux que l'amour romantique), permettre que quelque chose se détende dans la tête (et c'est mieux que le savoir !).

N'avez-vous pas l'impression que vous risquez de beaucoup choquer avec une théorie comme celle-ci ?

C'est possible. Mais je dis ce que je vis et ce que je pense ! Pour moi, il y a des intellectuels qui font de la pornographie ! Il y a une façon d'être scientifique qui est pornographe...

En fait, ce que je dis, c'est l'expérience de la chasteté. La chasteté, c'est faire l'amour avec une femme sans vouloir la « prendre », sans l'avoir, sans la consommer. C'est la respecter dans son corps, dans tout son être... Et ce n'est pas facile !

Cela demande beaucoup d'écoute, à la fois de l'autre et de soi-même. Parce qu'il s'agit aussi d'être chaste avec soi-même, de respecter son désir ou son non-désir, de ne pas se mentir ni mentir à l'autre. La chasteté du cœur, c'est ne pas faire de chantage, ne pas manipuler l'autre, l'aimer même s'il ne vous aime pas. Il existe des façons d'aimer très affectives, très généreuses, qui cachent une voracité à peine croyable ! Pourtant, la personne se croit vraiment très généreuse : « Je lui ai tout donné ! Je lui ai donné ma vie, mon corps, mon cœur! »

Mais en réalité, que lui ai-je donné ? Je lui ai donné quelque chose qu'il n'a pas reçu, qu'il ne voulait pas...

Connaissez-vous l'histoire de cette personne qui aimait beaucoup son lapin ? Tous les jours, elle lui prépare un magnifique steak, et lui offre ce magnifique steak cuit à point ! Mais le lapin, lui, n'a rien reçu... Puis cette même personne eut un lion. C'était son lion chéri, adoré. Elle lui préparait donc les meilleures soupes de légumes, les meilleurs fruits de son verger. Chaque jour, un grand cageot de légumes frais ! Elle lui avait tout donné... Mais le lion n'avait rien reçu !

C'est idiot, mais dans nos vies, c'est ça !

C'est l'exemple type du malentendu ?

Eh... oui. Mais nos amours ne sont que cela. Nous avons l'impression de beaucoup donner à l'autre et finalement nous ne lui donnons rien.

En fait, nous ne lui donnons que ce que nous aimerions recevoir... C'est une conception très égocentrique du bonheur de l'autre ?

Exactement. Ce que nous appelons bien pour nous, nous l'appelons bien pour l'autre, et nous voulons lui imposer notre bien ! Il y a tant de personnes qui croient donner, avec tellement d'amour. Elles sont sincères, mais elles n'ont rien donné, parce que ce n'était pas ce que l'autre pouvait manger, recevoir, digérer ! « Je t'ai donné ce que j'avais de meilleur... » Oui, mais ce qui est le meilleur pour toi, n'est pas le meilleur pour moi.

Il ne suffit pas d'aimer.

L'amour sans l'intelligence nous rend malheureux.

VII

Le mystique et l'idolâtre

Nous sommes encore dans une société très idolâtre. Pourquoi ?

Le problème est que l'on veut, là aussi, *avoir* Dieu. Mais ce que nous avons n'est pas Dieu, c'est une idée de Dieu, une représentation de Dieu, une image de Dieu ! Et ça, c'est le Dieu que l'on a, ce n'est pas le Dieu que l'on est. Nous le savons tous : c'est au nom du Dieu que l'on a, que l'on se fait la guerre, que l'on se détruit.

Si nous connaissions le Dieu que nous sommes...

Tout le chemin spirituel, initiatique, est de passer de la vérité que l'on a, à la Vérité que l'on est. De passer du Dieu que l'on a, au Dieu que l'on est. C'est un long chemin...

Maître Eckhart fait bien la distinction entre Dieu et la Déité. Il dit que le Dieu créateur est une conception de la créature. La créature réfléchissant sur elle-même, réfléchissant sur sa propre cause, crée cette notion de créateur. Dieu est donc bien une création de l'esprit humain réfléchissant sur l'existence du monde et de sa cause. En fait, Dieu, en tant que créateur, est une créature... de lui-même pourrait-on presque dire !

Voilà donc « le Dieu que l'on a », et dont nous pouvons faire une idole quand nous voulons l'imposer aux autres. Puis, il y a la Déité, dont on ne peut rien dire car c'est la Concience pure, c'est la Concience qui n'a même pas conscience d'elle-même. L'expérience mystique est ce moment où l'on perd ce Dieu que l'on a. Nous perdons notre idole ! Dans ces moments-là, nous avons l'impression de perdre la foi, mais ce n'est pas la foi que nous perdons, c'est la croyance.

Quand saint Jean de la Croix parle de « *la nuit de l'esprit* », il exprime ce moment où justement il n'a plus d'image de Dieu, de représentation de Dieu, ce moment où il entre dans un désert. Il perd sa façon d'appréhender Dieu. Entrant alors dans l'Être-même, il ne voit donc plus d'objet extérieur à lui-même et ne sait plus où il est.

Pour prendre une image dans le domaine de la physique, nous dirions que c'est l'expérience du « trou noir », là où des galaxies, des étoiles, se résorbent. Il y avait quelque chose, et soudain... il n'y a plus rien ! Il n'y a plus rien parce que c'est passé sur une autre fréquence, dans un autre monde. Eh bien, dans notre vie, il y a des moments comme ceux-ci où ce qui était là, cette galaxie d'étoiles, ces représentations lumineuses, merveilleuses, de Dieu, soudain disparaît ! Ça se résorbe... Il n'y a plus rien ! Et cet instant où il n'y a plus rien, n'est pas l'instant où l'on perd Dieu, mais l'instant où l'on devient Dieu. C'est le moment où l'on est au plus proche de Lui. Si proche... qu'on l'est ! Si proche qu'on ne peut donc plus le voir...

Toujours Maître Eckhart, disait : « *Le feu ne brûle pas le feu...* »

Tant que je me sens brûler, tant que j'ai mal, tant que je vois quelque chose, tant que ça brille, tant que ça réchauffe, je ne suis pas le feu. De la même manière, tant que je parle de Dieu, tant que j'ai une représentation de Dieu, tant que j'aime Dieu... je ne suis pas Dieu. Mais quand je suis Dieu, je ne sens plus rien. Quand je suis la flamme, je ne sens pas la flamme.

Le Christ est venu pour aider l'homme à devenir Dieu, pour lui montrer le Chemin, la Voie, la Vérité... L'homme n'aurait-il rien compris ? Au lieu de suivre l'exemple, il se serait empressé d'en faire une idole de plus ?

Oui. Il y a très peu de croyants, et beaucoup d'idolâtres. On a fait du Christ une idole. Mais bon... Encore une fois, même les idoles sont une étape de l'évolution.

L'idole serait donc nécessaire ?

Elle est nécessaire tant que l'enfant a besoin d'une image pour se représenter l'invisible.

Comment aider l'homme à abandonner son ou ses idoles ? Comment l'aider à changer d'étape ?

Il faut l'aider à passer de l'idole à l'icône. L'idole remplit le regard, bouche les yeux. Les idolâtres aiment en avoir « plein la vue ». C'est également vrai au niveau scientifique.

Il existe une idolâtrie scientifique. L'intelligence est alors arrêtée par ce qu'elle sait. Nous croyons que ce que nous savons est la réalité. Nous croyons que notre représentation de Dieu, est Dieu ! La foi aussi, est arrêtée par ce que nous croyons. Toute la question est : comment avoir une intelligence non arrêtée par ce qu'elle sait ? Une foi non arrêtée par ce qu'elle croit ? Comment vivre un amour non arrêté par ce qu'il aime ?

L'icône, justement, plutôt que fermer le regard, l'ouvre à l'invisible. À travers le visible, l'icône montre l'invisible.

La fenêtre, la porte, sont ouvertes sur le jardin...

Cependant, il arrive que nos idées de Dieu, notre façon de parler de Dieu, notre façon de l'imposer aux autres, ferment la porte sur le jardin. Alors, je dirais que nous prenons la forme pour le but. Jésus est explicite à ce sujet quand Il dit : « *Celui qui croit en moi, ce n'est pas en moi qu'il croit, mais en Celui qui m'a envoyé...* »

Lui-même se présente comme la fenêtre, comme la porte qui ouvre sur le jardin, comme le chemin qui conduit au Père. Il dira aussi : « *Il est avantageux pour vous que je m'en aille. Car si je ne m'en vais pas, vous allez faire de moi une idole* » Et là, il part... Dans ce manque qu'Il va laisser, le désir de l'homme va enfin pouvoir faire son chemin et aller vers la réalité qu'Il est.

Ne pensez-vous pas qu'il soit bien difficile, au quotidien, de se passer d'image tout en ayant la conscience d'être accompagné ?

Il ne s'agit pas de se passer d'images, il ne s'agit pas de se passer des mots (au niveau des concepts, images et mots sont la même chose), mais il s'agit de les mettre à leurs places.

Que signifie le mot « icône » ?

En grec, icône signifie effectivement image. Mais c'est une image ouverte ! Une connaissance ouverte ! Par exemple, c'est la même différence que nous retrouvons entre le scientiste et le scientifique. Le scientiste a l'intelligence arrêtée par ce qu'il sait alors que le scientifique, lui, garde l'intelligence ouverte à partir de ce qu'il sait.

Y a-t-il dans l'icône une notion de transparence qui permettrait d'aller au-delà de l'image ?

En fait, alors que l'idole est une image sans transparence, l'icône est une fenêtre. Ce qui est regardé n'est plus la fenêtre, mais le paysage sur lequel elle s'ouvre. La porte est ouverte sur le jardin... Lorsque nous regardons le Christ, à travers Lui nous regardons le Père. Cependant, nous pouvons nous arrêter au cadre de la fenêtre, voilà pourquoi Il ajoute : « *Il est avantageux pour vous que je m'en aille.* » Mais bon... On ne peut regarder le ciel que par la fenêtre qui s'est ouverte à nous.

Dans un premier temps, il faut donc regarder la fenêtre, puis l'ouvrir, et peut-être même ouvrir les volets !

Également, dans la rencontre de l'amour de Dieu, lorsque nous nous rendons compte que c'est Dieu que nous aimons, que c'est Dieu que nous cherchons, il faut peut-être d'abord avoir une fenêtre humaine. Mais il est vrai que cette fenêtre humaine peut fermer ses volets et nous empêcher de voir au-delà d'elle-même. À ce moment-là nous restons enfermés dans la maison, enfermés dans l'espace-temps.

J'aime bien quand Lévinas dit : « *Dieu nous vient à l'idée à travers le visage humain.* » Dans le visage humain, il y a quelque chose d'autre qui vient. Dans le regard d'un être humain, il y a quelque chose qui vient d'au-delà de la matière, d'au-delà de la forme. Et ce point inacessible où se rencontrent les regards, où est-il ? D'où vient-il ce regard-là ?

Est-ce cela que l'homme cherche à posséder chez l'homme ? Ce regard, cette profondeur inacessible ?

Oui, il voudrait « posséder ». Il est comme Prométhée : un voleur d'étincelles. Il voudrait prendre cette étincelle, l'*avoir* ! Alors que nous ne pouvons pas avoir cette étincelle, nous ne pouvons pas la prendre. L'amour... nous ne pouvons pas le « prendre » ! Nous ne pouvons que le recevoir et le donner. Au moment même où nous le prenons, nous le perdons. Au moment même où je veux « saisir » quelqu'un, l'avoir, je le perds. Au moment où je veux saisir cette étincelle et la garder en me disant « ça y est, je l'ai... J'ai le secret, le secret de l'amour, je le tiens ! », à cet instant, je le perds !

C'est presque alchimique... Le secret de la pierre philosophale ?

Oui, c'est le secret qui nous rappelle qu'il n'y a pas de secret à avoir. Il n'y a qu'un secret à être.

Dans un de vos ouvrages, vous dites : « Dieu n'est pas un problème à résoudre, c'est un Mystère à célébrer. » *Mais l'homme, lui, n'a-t-il pas de cesse de vouloir comprendre le Mystère ? Et finalement, est-il possible de comprendre Ce Mystère ?*

Non, car ce ne serait plus un Mystère.

Il faudrait alors simplement aimer le Mystère, mais cela est-il possible d'aimer sans comprendre ?

Il s'agit de devenir intelligent en cherchant à comprendre. Savoir que ce que l'on veut comprendre est incompréhensible. Mais en cherchant à comprendre l'incompréhensible, nous devenons intelligents. C'est comme lorsqu'on ouvre une fenêtre : nous voudrions voir le jour ! Mais le jour ne se voit pas, il est ce qui nous permet de voir ! Néanmoins, chercher à voir le jour, c'est ouvrir davantage les yeux, comme chercher à comprendre le Mystère, c'est petit à petit avoir les yeux de plus en plus grands.

Vouloir comprendre l'incompréhensible, ça ne rend pas fou ? Ce n'est pas risqué ?

Il y a là aussi le risque d'idolâtrie. Chesterton dit qu'un fou c'est quelqu'un qui a tout perdu sauf la raison ! C'est une très belle définition de la folie. Un fou est effectivement quelqu'un qui vit dans sa logique, qui vit dans ses explications, qui vit dans son monde. Et il prend la réalité pour ce qu'il explique du monde, pour ce qu'il comprend du monde. Il est enfermé dans sa logique. Par contre, la santé est de savoir que ce que l'on sait n'est pas l'incompréhensible, n'est pas tout.

À ce moment, nous ne savons pas ce que nous savons... mais ce n'est pas grave. Je sais bien que ce que je dis de Dieu, n'a rien à voir avec Dieu. C'est comme le doigt qui montre la lune...

Il ne faut pas s'arrêter au doigt...

Oui... Mais en même temps le doigt est utile. C'est comme se promener avec un enfant et lui dire : « Regarde, regarde les pêchers en fleurs, regarde les canards... Tu as vu, tu as vu ? » Dire « Tu as vu ? », c'est ça, le rôle des mots, c'est ça le rôle de l'intelligence, de la compréhension. Dans ce « Tu as vu ? », on ne sait pas ce que l'on voit, on ne voit pas tout...

Mais il est vrai que lorsqu'on leur montre la lune du doigt, les imbéciles regardent le doigt. C'est comme parler de Dieu et ne regarder que le mot « Dieu » : on s'arrête là !

C'est confondre le chemin et le but ?

Oui, c'est confondre la fin et les moyens. La question est : quelle est la finalité de l'être humain ? Que fait-on ici ?

Aujourd'hui fait-on une différence entre un prophète et un schizophrène, et quelle est-elle ?

Je reviendrai pour cela à la définition de Laing entre le mystique et le schizophrène : *« Ils nagent tous les deux dans les mêmes eaux, mais là où l'un nage, l'autre se noie. »*

Le schizophrène est noyé par ses impressions, il s'identifie à ce qu'il voit. Tandis que le prophète, lui, il voit ce qu'il voit, il a cette vision, mais il a également en lui quelque chose de différent... Le regard reste plus large. Je ne sais comment exprimer cela... Par exemple, en ce moment, je vous regarde, je vous vois bien, mais en même temps je vois la pièce qui est autour. Si j'étais schizophrène, je ne verrais plus la pièce et je serais complètement noyé dans ce que je vois.

Le schizophrène a un regard limité ?

Oui, et plus exactement que limité, je dirais « identifié ». C'est dramatique de voir quelqu'un comme cela, complètement dans les images qui sont dans sa tête ; elles prennent toute la place de la réalité. Le schizophrène ne vous voit plus, alors que le prophète voit les choses telles qu'elles sont, sans identifications, sans projections. Il n'est pas enfermé.

Parfois, il est cependant vrai que certains grands médiums peuvent être submergés par les images, par les visions qui les habitent. Il faut un drôle d'équilibre ! Voilà pourquoi l'ascèse est si importante. L'ascèse est justement ce qui nous permet d'endurer des états de conscience non ordinaires sans être complètement emportés par eux.

Coupés du monde ?

Oui. Et quand nous sommes visités par le transpersonnel, par ces états de conscience d'une autre nature, si nous n'avons pas un très bon équilibre, nous sommes totalement engloutis. Dans les hôpitaux psychiatriques nous trouvons des personnes prises de ce qu'on appelle des « bouffées délirantes ». En fait, ils ont touché des lieux de leur être sans y être préparés. Ce serait comme une cruche recevant d'un coup le contenu d'un torrent : elle éclate !

Toute l'ascèse, tout le travail intérieur a justement pour but de fortifier la cruche afin de lui permettre d'endurer l'intensité de certains états de conscience.

S'agit-il de fortifier la cruche ou de savoir limiter le débit de l'eau qui arrive ?

Ce peut être les deux. Mais nous ne prévoyons pas toujours. Par exemple dans la méditation, on insistera sur l'importance de la posture. Avoir une posture bien ferme afin que lorsque le méditant entre dans la spirale de la vacuité (qui donne un sacré vertige) sa posture soit bien sur terre. La cruche se souvient alors de l'espace qui est en elle, que cet espace intérieur est l'espace qui emplit tout l'univers. Alors la cruche est solide, bien posée et n'est donc pas éclatée par cette appréhension de l'espace.

Elle peut continuer d'être utile en tant que simple cruche ?

C'est cela ! Il est possible d'être prophète et de continuer sa vie humaine. Je pense à un grand sage comme Ramana Maharshi qui eut cette expérience de l'Infini, du pur « Je Suis » au-delà de toutes formes, et qui en même temps continuait à éplucher les pommes de terre... L'expérience était intégrée !

Car la vraie question est : comment intégrer l'Infini dans le fini ?

Comment intégrer le divin dans l'humain ?

Exactement. Comment intégrer le divin dans l'humain... sans détruire l'humain ? Souvenez-vous de la belle image de cet état de conscience : le Buisson Ardent. Le Buisson brûlait mais n'était pas consumé ! De même la flamme divine brûle en nous mais ne consume pas notre humanité, au contraire, elle l'éclaire !

Plus on devient divin, plus on devient humain. Notre part est de travailler sur notre humanité.

Un autre exemple : celui de Jung quand il vécut, après sa rupture avec Freud, une descente dans l'inconscient puis toute une remontée du monde archétypal des grandes images qui l'habitaient. Il dit alors : « *Heureusement que j'avais de la maçonnerie à faire ! Heureusement que j'avais une femme et des enfants...* » C'est-à-dire, heureusement qu'il avait un principe de réalité, des choses très quotidiennes à faire, autrement il aurait été emporté. « *Autrement, je serais devenu fou...* disait-il, *comme un certain nombre de mes patients. La puissance des archétypes, des images qui nous visitent, nous prennent complètement !* »

Voilà pourquoi les mystiques sont aussi des gens très concrets. Ils mangent bien, jardinent, cuisinent, etc. Ils peuvent faire des choses tout à fait physiques, très charnelles même, quelquefois. Car ils savent bien que s'ils n'ont pas cela, ils décollent, ils deviennent fous ! Je pense à saint Jean, à l'évangile de saint Jean. C'est à la fois l'évangile le plus mystique et le plus concret : il donne des heures, des lieux (on sent bien que cela se passe sur terre, en Galilée, à tel moment...) et en même temps il parle du Logos comme « l'Aigle qu'Il est » !

Il s'agit d'avoir les deux pieds sur terre et la tête au ciel, mais jamais l'un au détriment de l'autre ?

Exactement. Par exemple, un grand médium est celui qui n'a pas besoin de se mettre en transe pour être en contact avec les messages intérieurs. Alors que les petits médiums, eux, ont besoin d'un peu de cinéma, d'un certain état nerveux, d'une mise en scène...

Le grand médium peut recevoir des messages dans la conversation... On ne s'en rend pas compte ! c'est intégré. Toute la question est vraiment l'intégration. Encore une fois, comment intégrer le divin dans l'humain, la forme accueillante au sans forme, l'Infini dans le fini, la flamme dans le buisson épineux de notre humanité.

Nous retrouvons en effet ce que nous disions précédemment sur l'avoir et l'être. Ce que vous appelez un grand médium ne serait donc plus dans l'avoir mais dans l'être. Il « n'a » plus un message qu'il reçoit, il « est » lui-même message ?

Oui, c'est cela. Le médium est le message. Il semble tout à fait naturel. Il peut vous dire des choses sublimes ente la poire et le fromage. En fait, nous sommes tous de grands médiums... entre la poire et le fromage ! Il y a des moments où se produit une vraie détente, où l'on ne cherche pas à avoir des états de conscience extraordinaires, et la Conscience parle à travers nous. Parfois, on rencontre un paysan au bord d'une route, et soudain... c'est lui qui a le message. Et lui-même ne s'en rend pas compte. Parfois aussi ce peut être un animal. Je pense à Philomène, ma petite chèvre, à tout ce qu'elle m'a dit avec ses crottes ! Toute la métaphysique de Cankara, des Madyamika et de Maître Eckhart était dans une crotte... Mais ça arrivait au bon moment. Au moment où j'avais l'oreille pour recevoir le message, cette petite chèvre a été le médium. (Cf. *L'absurde et la Grâce*)

L'important n'est pas le maître mais le disciple. L'important n'est pas celui qui parle mais celui qui écoute.

Ne sont-ils pas indissociables ?

Ils sont indissociables, parce que la parole c'est ce qu'il y a entre une bouche et une oreille. La parole n'appartient pas seulement à celui qui parle. On peut dire les plus belles choses du monde dans les oreilles d'un sourd, ça ne donnera pas grand-chose. En revanche, on peut dire les choses les plus banales dans une oreille qui écoute, et cette chose banale prend alors un sens d'une grandeur infinie.

Je pense à Tagore, qui conseillait de lire tous les événements de notre vie, ou toutes les rencontres, tout ce qu'on voit, comme une lettre du Bien Aimé, comme une parole du Bien Aimé. Et il vrai que lorsque l'on a l'oreille de l'amante, de l'épouse ou de la Bien Aimée, la moindre fleur est message, le moindre souffle est baiser. La Présence est présente.

VIII

L'amour et la crainte

Dans ses Centuries sur l'amour, Maxime le Confesseur dit : « L'amour naît de l'impassibilité, l'impassibilité de l'espérance en Dieu, l'espérance de la patience et de la longanimité ; celles-ci de la tempérance en tout, la tempérance de la crainte de Dieu, et la crainte de Dieu de la foi en Dieu. »

Premièrement, qu'est-ce pour vous que la « crainte de Dieu » ? Peut-on aimer par crainte ? Et deuxièmement, une foi aliénée à la crainte ne peut-elle être sujette à caution ?

Dans nos Bibles, il est écrit : « *Craindre Dieu : principe du savoir.* » Si la traduction respectait davantage le texte, ce texte qui transmet une expérience, nous dirions : « Frémir d'*Adonaï* ». Frémir... de quelqu'un. Lorsque quelqu'un est là, nous effleure, nous approche, il y a un frémissement en nous. Nous nous promenons la nuit... Une aile nous suit... Il y a un frémissement. Et dans ce frémissement, oui, il y a de l'amour, il y a de la peur. C'est l'expérience devant le numineux. Ce que Rudolph Otto ou Jung appellent le *trémundum* et le *fascinams. Trémudum* : terrifiant, parce que nous sommes devant une autre conscience, une autre réalité. Et *fascinams* : qui est fascinant.

C'est à la fois ce qui nous attire le plus et ce qui nous fait le plus peur.

La traduction française ne mériterait-elle pas d'être revue ? Ce mot crainte *induit un malentendu dont il est difficile de s'extraire !*

Le mot crainte ne veut plus rien dire. Craindre, aujourd'hui, ça veut simplement dire avoir peur. C'est tout le contraire du frémissement amoureux ! Nous n'avons conservé qu'un seul versant de l'expérience. Nous avons gardé la peur !

Nous avons gardé la peur et oublié l'émerveillement ?

Oui, nous avons oublié l'émerveillement. Nous avons oublié la fascination, la beauté, l'attirance...

Pourquoi ?

Mais parce que nous fonctionnons en binaire ! C'est ou blanc ou noir ! Or, la réalité, elle, est blanche ET noire. Elle est jour ET nuit. La réalité nous fait peur ET nous fascine ! Elle nous fait jouir ET nous détruit... en même temps !

Mais en admettant qu'il y ait eu nécessité de choix, pourquoi avoir conservé la peur et non l'émerveillement ?

Nous les avons dissociés. D'un côté, furent mises la peur, l'angoisse, etc. Et un peu plus tard ce côté-là sera nommé : le Diable. Dieu, en tant qu'il nous fait peur, est appelé le Diable, et Dieu, en tant qu'il nous extasie est appelé Dieu !

Mais il s'agit d'une même réalité qui, à la fois, nous extasie et nous crucifie, nous fascine et nous fait peur. Comme l'amour. L'amour est ce qui nous rend le plus heureux et le plus malheureux ; ce qui nous fait le plus de bien et le plus de mal.

Mais nous, on aimerait... que le Bien ; et nous ne nous lamentons... que du mal ! Quand nous nous souvenons de quelqu'un, nous ne nous souvenons pas toujours qu'il nous a béni et crucifié dans le même moment ; qu'il nous a déchiré et donné le plus grand bonheur en même temps. Nous aimerions l'un sans l'autre. Nous aimerions Dieu sans l'ombre, Jésus sans Judas, la Lumière sans le sombre... Or, il n'y a pas de jour sans nuit !

Craindre Dieu, c'est entrer dans la totalité de l'Être, dans la totalité du Mystère. Au-delà de la dualité. Voilà le principe du savoir : *Craindre Dieu Principe du savoir ; Frémir d'Adonaï – Principe du savoir*. C'est savoir qu'effectivement, la réalité est paradoxale : elle nous tue et nous fait vivre ! C'est la même vie qui fait fleurir les coquelicots et qui conduit des enfants au four crématoire. C'est la même vie... et c'est insupportable ! On dira donc que ce qui conduit les enfants au four ce n'est pas la vie, mais le diable, le mauvais, l'horreur... Mais c'est la vie ! Ce sont des vivants, des êtres humains qui ont fait cela.

En évoquant ces enfants menés à une mort atroce, les hommes ne parlent pas forcément du Diable, mais ils peuvent dire : « Pourquoi Dieu a-t-il permis cela ?! »

Pourquoi la vie a-t-elle permis qu'on la pervertisse, qu'on en fasse une telle caricature ? Comme nous le disions, avec de l'argile nous pouvons faire un pot de chambre ou une Vénus de Milo. Avec la vie, nous pouvons faire un feu de joie comme un incendie ! C'est toujours du feu, c'est toujours la vie...

Avec de l'homme, nous pouvons faire des choses tellement belles. Mais nous pouvons aussi faire les choses les plus horribles, qu'un animal n'oserait jamais faire. Ce n'est pas de la faute de la vie. Avec la force que j'ai en moi, je peux porter vos valises, ou vous mettre mon poing sur la figure ! C'est la même énergie, mais cette énergie, je l'ai orientée dans un certain sens. Dieu n'y est pour rien ; la vie n'y est pour rien.

Finalement il n'y aurait pas de Bien et de Mal, mais seulement un certain potentiel d'énergie dirigé dans un sens ou un autre ?

Oui. Il y a une énergie qui orientée de façon constructive ou destructive.

Que pensez-vous de cette phrase : « Le Mal est le Bien en formation. » ?

C'est une explication consolante. On se console comme on peut... Pourquoi pas ? C'est un peu la vision de Teilhard de Chardin qui disait : « *Les tremblements de terre remettent de l'équilibre dans la marche de l'univers...* » D'autres diront qu'une bonne guerre de temps en temps réajuste la démographie ! C'est un peu facile...

C'est plutôt terrifiant !

Oui, c'est horrible. Un vieil ami disait : « *Tuez un homme, vous êtes un criminel ; tuez en dix, vous êtes un bon soldat ; tuez en mille, vous êtes un grand chef de guerre ; tuez les tous, vous êtes Dieu !* »

Sauf que Dieu, ne les a jamais tué « tous » ?

Parce qu'Il ne peut pas se tuer Lui-même...

Bien sûr que la vie nous tue, elle n'arrête pas de nous tuer. De nous tuer pour nous faire renaître. Pourquoi toujours opposer la vie et la mort ? Si vous relisez le *Premier Testament*, vous verrez que c'est Dieu qui endurcit le cœur de Pharaon, c'est Dieu qui tue. Dieu est le plus grand criminel qui soit. Mais c'est Lui qui le guérit... qui le sauve. Il est à la fois l'agneau et le bourreau.

Peut-on pousser le paradoxe encore plus loin et dire que Dieu apprend à l'homme à tuer pour ensuite lui apprendre à sauver ?!

C'est ce que dit la *Bhagavadgîtâ* : « *L'un tue, l'autre est tué ; mais il n'y a que l'Un sans second...* »

Seulement, ce sont des paroles extrêmement dangereuses, que l'on peut utiliser pour se déresponsabiliser. Nous ne sommes pas Dieu ! Il faut savoir qu'il y a plus de bonheur à faire vivre, qu'à tuer, qu'à détruire. Dans la pensée hindoue, le rôle destructeur est le rôle de *Kali*.

La vision de Dieu comme créateur c'est *Brahma*. La vision de Dieu comme conservateur, celui qui maintient l'univers dans l'existence, c'est *Vishnou*. Et la vision de Dieu comme destructeur, c'est *Shiva*.

Dieu est à la fois créateur, conservateur et destructeur. En Inde, vous ne verrez que très peu de temples dédiés à *Brahma*, au créateur. On ne l'aime guère, parce que c'est lui qui nous a mis dans cette galère ! Par contre, il existe beaucoup plus de temples pour *Vishnou*. Dans ses incarnations *Vishnou* sera *Krishna*, *Rama*... Il sera le guide spirituel, celui qui nous guide sur le chemin.

Mais la grande majorité des temples sont dédiés à *Shiva* ! Et *Shiva* c'est *Kali* ! Ce Dieu destructeur est le plus aimé, le plus vénéré. À un hindou qui me parlait de « sa douce mère Kali... » je dis : « ta douce mère Kali ! Mais elle est effrayante ! ». Vous savez, elle est représentée en train de couper les têtes, d'arracher les crânes, de boire du sang ! C'est la sanglante. Elle est l'incarnation même de la violence, de la destruction ! L'hindou me répondit alors : « Mmmh... Oui, oui... Elle m'a déjà coupé plusieurs têtes... » J'ajoutais un peu railleur : « Excuse-moi, mais moi je n'en ai qu'une... et j'y tiens ! ». Puis soudain, je compris que « elle m'a déjà coupé plusieurs têtes » signifiait « elle m'a déjà enlevé beaucoup d'illusions. » Elle m'a enlevé plusieurs personnages, plusieurs images que j'avais de moi-même.

Je compris que Shiva était la puissance divine en tant qu'elle nous purifie, qu'elle nous enlève nos illusions pour nous ramener à la vacuité d'où naissent toutes choses.

Dieu, à la fois, nous construit et nous détruit, nous

« déconstruit ». Cependant, nous aimons Dieu quand Il nous construit, quand Il nous fleurit, mais nous ne l'aimons pas quand Il nous fane. Pourtant la fleur fleurit pour être fanée, comme elle fleurit pour donner son parfum. C'est pour cela que lorsque le parfum est là, il faut le respirer. Ne pensons pas à la fleur fanée, et simplement... respirons !

Respirons le moment qui nous est donné de vivre, sans vouloir le retenir. La vie est faite pour mourir, la fleur est faite pour faner, l'amour est fait pour passer.

Nous sommes passants.

IX

Foi... ou Croyance ?

Maxime le Confesseur précise donc que la crainte de Dieu vient de la foi en Dieu. Pour vous, que signifie la foi ?

En latin, la foi se dit *Fides*. *Fides* c'est : « Se fier à... Faire confiance. Adhérer à ce qui est, et à Celui qui est. » Et ceci, parce que c'est solide, vrai. Nous mettons notre foi en quelqu'un parce que nous savons que cette personne est solide, vraie. Nous pouvons nous y fier, nous y confier. Voilà, pour le mot latin.

En grec, maintenant, la foi se dit *Pistis*. La *Pistis* signifie : « J'ai réfléchi, j'ai pensé, j'ai analysé, je sais donc que c'est vrai et je peux y croire. » La foi est alors un acte de l'intelligence, une intelligence développée. C'est l'ouverture même de mon intelligence à l'incompréhensible. Avec mon intelligence, c'est comme si j'allumais une lampe, et avec la foi c'est comme si je profitais de la clarté du soleil. Je m'ouvre à une lumière plus vaste que la lumière de ma simple raison. Voilà pourquoi on parlera de la Lumière de la Foi.

La foi est ce que les Anciens appellent une vertu théologale, c'est-à-dire une puissance d'ordre théologal, d'ordre divin, une Intelligence plus grande que mon intelligence. À certains moments, je suis plus intelligent que l'intelligence que j'ai... ! Et dans ces moments-là je sais ce qu'est la foi.

Les Latins insistent davantage sur la notion de « confiance, de se fier à... », et les Grecs sur « l'ouverture de notre intelligence à une plus grande Intelligence ». Dire « Je crois en Dieu », veut dire littéralement : « Je connais Dieu comme Dieu se connaît. Je laisse Dieu se connaître en moi. »

La Lumière qui connaît la Lumière.

Dans Ta Lumière nous verrons ta Lumière...

Foi et croyance sont-elles synonymes ?

Non. La croyance est un résidu. La croyance est concepts, mots, représentations. Alors que la foi est un mouvement du cœur et de l'intelligence dans son adhésion au réel. La foi est un acte de l'intelligence qui adhère à une réalité qui n'est pas simplement de l'ordre du visible, du tangible, de l'accessible. Un mouvement du cœur et de l'intelligence qui adhère aux profondeurs de la réalité que l'on ne peut pas saisir. Il s'agit là d'une intelligence plus vaste que l'intelligence ordinaire.

Par contre, la croyance fait partie de l'intelligence ordinaire, des représentations. C'est pour cela qu'il est important de perdre toutes ses croyances ! Sur un chemin mystique il y a effectivement le jour où nous perdons toutes nos croyances... Mais nous ne perdons pas la foi !

Perdre la foi serait perdre son intelligence. Lorsque

nous perdons nos croyances, là commence la foi. Lorsque nous perdons tout espoir, là commence l'espérance. Et lorsque nous n'aimons plus de manière possessive, avec attentes, désirs, quand nous sommes au-delà de tout cela, là nous commençons à aimer dans le sens de l'*Agapè*. Nous commençons à aimer divinement.

La foi (*Fides* chez les Latins, *Pistis* chez les Grecs) a de plus chez les Hébreux, un rapport avec la vérité, *Emet* : ce qui est solide.

En hébreu, la foi se dit *Aman*, d'où viendra le mot *Amen*. « Je crois » veut donc dire « Amen, Amen, je vous le dis », que l'on traduit par : « *En vérité, en vérité, je vous le dis...* »

Dans ce sens-là, croire c'est adhérer à l'Être qui est en nous, ne faire qu'un avec Lui. C'est un acte de non-dualité avec ce qui est. Lorsque nous disons de Jésus qu'Il est l'*Amen* (dans le *Livre de l'Apocalypse*, Il est l'*Amen...*) nous disons qu'Il est OUI à l'Être. Avoir la foi, c'est être dans un moment de « oui » total, inconditionnel. Être « tout ouïe » et « tout oui » ! Être dans une écoute totale et être dans une totale adhérence, une totale adhésion. Là, nous sommes vraiment dans la foi.

Est-ce un acte de non-résistance ?

C'est un acte d'ouverture à ce qui est. L'acte de non-peur à ce qui est.

Lorsque vous nous dites que la foi est un acte de non-peur, je ne peux m'empêcher de repenser à l'ambiguïté de la parole de Maxime le Confesseur qui dit que : « La foi vient de la crainte *de Dieu... ?!*

Oui, bien sûr... En fait, c'est au moment même où je m'ouvre à ce qui Est, que ce frémissement de mes limites va se faire sentir. C'est au moment même où mon intelligence adhère à l'incompréhensible qu'il y a un balbutiement. Et ce balbutiement est justement la « crainte » de l'intelligence ; cette intelligence qui bafouille, dans un frémissement de mots essayant de dire, par un effort désespéré, des choses hors de son atteinte. Là, nous sentons bien que les mots parlent d'une réalité qui n'est pas de l'ordre du langage, et voilà pourquoi ils balbutient, ils bafouillent.

La crainte n'est autre qu'un bafouillis de notre corps, sentant qu'il va bientôt étreindre quelque chose qu'il ne peut contenir. C'est comme la cruche qui se met dans le torrent : sa forme en est ébranlée, elle vibre.

Vous constatez ainsi combien les mots de Maxime le Confesseur sont fondés sur l'expérience. Cette crainte naît bien de la foi. Cette crainte, ce balbutiement, ce frémissement, naît bien du contact, de l'adhésion. Comme parfois, lorsque deux êtres se touchent... Il y a un frémissement dans ce contact, ça fait des étincelles, des vibrations... De même, la foi est ce moment de contact, d'adhésion, d'ouverture, d'abandon. Le corps vivre, le cœur vibre, l'intelligence vibre ! Il y a soudain comme un éclair... Nous ne comprenons plus rien, nous ne voyons plus rien, parce qu'il y a trop de clarté !

Trop de lumière aveugle ?

Bien sûr, trop de lumière aveugle ! Et là, effectivement, c'est le trou noir, c'est le trou blanc... C'est le *Troublant* !...

Il s'agit alors de se laisser troubler. De se laisser

troubler par le Troublant. Mais pour cela, il faut s'accepter troué !

Voulez-vous dire qu'il faut s'accepter « rien » pour être « tout » ?

Il faut s'accepter « trou » ! Nous ne sommes pas loin de certaines notions contemporaines, psychanalytiques, quand Lacan parle justement du « trou ». Il ne faut évidemment pas le prendre dans un sens trivial, mais nous sommes troués !

Regardez votre peau : elle est pleine de trous. Et si vous n'aviez pas de trous, vous ne pourriez pas respirer ! Le sexe aussi est un trou... et c'est la place de l'autre !

S'accepter comme troué, c'est s'accepter pour l'autre... C'est accepter la place de l'autre en moi. Nous n'arrêtons pas de chercher à boucher le trou, à combler notre rien, notre manque ! Alors que ce trou est simplement la place de l'autre.

En fait, psychiquement, c'est une chance d'avoir des manques, c'est une chance d'être « troué », car c'est la place de Dieu.

Dieu vient nous rejoindre dans nos manques.

Par exemple, je fus frappé de voir que chez les carmélites, beaucoup d'entre elles étaient des enfants sans pères.

Si nous observons la psychopathologie des mystiques nous réalisons qu'il s'agit souvent d'enfants à qui il a manqué un amour essentiel, un amour premier. Je repense à une moniale me disant : « *Mais ce n'est pas Dieu que j'ai aimé, c'est mon père ! C'est mon père qui me manquait.* » Je luis répondis alors : « Votre analyse est peut-être un peu courte... En fait, Dieu s'est servi de votre manque de père pour vous atteindre, pour vous étreindre, venir vous rejoindre. Heureusement que vous avez eu ce manque, car Dieu vient nous chercher à travers nos manques, à travers nos trous, nos failles, nos blessures. »

Eh oui... Dieu nous bénit en nous blessant, Dieu nous comble en nous creusant. Parfois, Il nous aime en nous dévastant. Dans ce désert, le Saint Esprit est, soit une brise légère, soit un vent violent. Ce vent violent est celui qui nettoie la place, nettoie la chambre... Après cela, nous sommes vides, vacants, et dans cette vacance, l'Être qui est peut se révéler à nous.

Au cœur même de notre manque, la plénitude peut se donner à vivre.

X

Entre Mariage et Divorce : *« l'Alliance »*

Il existe deux sortes de mariage : le mariage civil où l'on s'engage devant une société, devant des hommes ; et le mariage religieux où l'on s'engage devant Dieu. Les deux comportent certaines lois, mais dans un cas comme dans l'autre, il est assez fréquent qu'aucune ne soit vraiment observée, respectée.

Ainsi, quel est le véritable rôle de la société dans notre désir de mariage ? Et finalement, qui épouse-t-on vraiment ?

Il existe des sociétés dans lesquelles le mariage n'a pas d'importance, ni même de sens puisque, par exemple, c'est la tribu qui élève les enfants.

Dans l'histoire de l'humanité, le mariage monogamique est une invention assez récente. La raison principale en est sans doute l'éducation des enfants, afin que l'enfant ait un nom, qu'il sache d'où il vient. Psychologiquement, il est important de connaître son père et sa mère. Il est bien de savoir que nous ne sommes pas seulement nés d'une rencontre de hasard, mais peut-être quelquefois d'une responsabilité, et parfois même d'un amour... ou d'une inconscience.

La plupart du temps, nous sommes nés de la rencontre de deux inconscients. Nous sommes bien les fils, les fruits, du hasard et de la nécessité, de l'inconscience et de la pulsion.

Le mariage va consacrer cette insconscience et cette pulsion, essayer d'y mettre un peu d'ordre, pour le bien-être de l'enfant. Dans un certain type de société, le mariage a une fonction au niveau social. Cette fonction peut être contestée ou admirée... Mais il est vrai que dans notre civilisation, la cellule familiale constitue le fondement de nos sociétés, et toucher à la famille, c'est toucher aux structures mêmes de cette société, et à ses lois.

Le mariage religieux est tout autre chose. À l'origine, dans la tradition chrétienne, il s'agissait de deux personnes vivant déjà ensemble, ayant peut-être déjà des enfants, et qui reconnaissaient qu'entre eux existait une autre dimension. Qu'au cœur de l'amour, il y a des réalités qui ne meurent pas. Aimer quelqu'un, c'est lui dire « Tu ne mourras pas... ; non pas dans le sens « tu ne mourras pas dans ma mémoire... », car là aussi il ne faut pas se faire d'illusions, on s'oublie facilement... Mais dans l'amour, nous pouvons toucher quelque chose qui n'est pas simplement de l'ordre du spatio-temporel. Quelquefois, dans un acte d'amour, dans la rencontre de deux êtres humains, il y a une ouverture, un au-delà qui se vit au cœur même de cette inconscience, de ce hasard, de cette nécessité et de cette pulsion. À ce moment-là, le mariage devient l'engagement de deux êtres qui veulent s'aider dans leur propre accomplissement.

Dans le rituel du mariage de la tradition orthodoxe, près de l'alliance, il y a la couronne. Le symbole de l'alliance est important car c'est la rencontre de deux libertés, de deux autonomies qui s'allient. D'où l'essentiel de la liberté, et le mariage est nul s'il n'y a pas de liberté...

Mais la liberté, où se situe-t-elle ? Nous disons « oui » à quelqu'un, et parfois le corps dit « non » ! Nous disons « non » à quelqu'un, et parfois l'inconscient court vers lui... C'est pour cela qu'il y beaucoup de mariages nuls.

Ensuite, le symbole de la couronne est tout aussi important. Deux êtres s'engagent à vivre ensemble pour se couronner l'un l'autre, pour s'accomplir, pour se conduire vers leur propre liberté, s'aider à se découvrir eux-mêmes.

Voilà une des belles finalités du mariage.

La finalité du mariage n'est pas simplement l'enfant, mais aussi l'accomplissement des personnes qui ont cet enfant. Il est important pour les enfants de voir que leurs parents ne sont pas là seulement pour eux, mais aussi pour eux-mêmes. On peut alors parler de mariage, au sens profond du terme.

Mais il existe aussi ce problème soulevé dans les traditions chrétiennes (mais également juives et autres) et que l'on a appelé « l'indissolubilité du mariage ».

Qu'est-ce qui est indisssoluble dans le mariage ? Qu'est-ce qui est indissoluble entre deux êtres ?

Tout est soluble dans le temps. Si nous nous sommes mariés, je dirais insconsciemment, emportés par la pulsion ou par le plaisir, c'est très soluble dans le temps. Le désir s'émousse... Après s'être nourri et accentué, il s'érode, et là, quelquefois, nous allons « chercher ailleurs... ». On ne se marie pas indissolublement avec quelqu'un parce qu'on a du désir pour lui. Ce n'est pas le désir qui est le ciment du mariage indissoluble. Ce ne sont pas non plus les sentiments : les sentiments changent, l'homme est changeant. La personne qu'on a le plus adorée, à un moment, parfois dans la même nuit, dans la même journée, est celle que l'on déteste le plus...! On dit « je t'aime » à quelqu'un et en même temps cet amour n'est pas sans revers de haine.

Parce que cet amour se vit psychiquement, nous sommes quelquefois étonnés de voir que les gens qui ont su le mieux nous aimer, sont souvent ceux qui savent le mieux nous détester, nous haïr. Et avec quelle violence parfois !

Puisque l'indissoluble entre deux êtres ne repose pas sur les sentiments (appartenant à l'espace-temps, les sentiments changent) alors est-ce sur la raison ?

Il existe des mariages de raison, d'intelligence. Ceux-là durent peut-être un peu plus longtemps... Nous pouvons nous marier sur « un coup de cœur », sur un « coup de corps », comme nous pouvons nous marier sur un coup de vérité partagée, de conscience partagée. C'est intéressant, nous avons les mêmes idées. Ça dure un certain temps, quand on a le même projet, qu'on veut construire quelque chose ensemble.

Nous sentons bien, là, que c'est le mariage de deux intelligences. Pas seulement de deux corps, de deux cœurs, mais de deux intelligences. Voilà pourquoi ça dure peut-être un peu plus longtemps, mais pas beaucoup plus...

Si donc, cela aussi, est soluble dans le temps, alors qu'est-ce qui est indissoluble entre deux êtres ?

Je crois que la seule chose indissoluble est justement ce qui ne dépend pas de ces deux êtres. *L'homme ne peut pas séparer ce que Dieu a uni.*

Encore faut-il que Dieu ait uni !

Encore faut-il que Dieu soit une réalité vivante entre deux êtres. Si Dieu est présent, nous retrouvons le sens du symbole du Christ invité aux noces de Cana et qui va changer l'eau en vin, quand le vin vient à manquer.

Là, c'est le vin du désir, le vin de l'affection, qui va venir à manquer... Qu'est-ce qui résiste au quotidien ?

L'être qu'on aimait si tendrement, soudain, nous énerve ! Lui voir toujours le nez au milieu de la figure nous devient insupportable. Pourtant... l'être qu'on a le plus aimé !

Le vin de l'intelligence aussi vient à manquer. Cette personne qu'on croyait tellement intelligente se révèle bornée, stupide, limitée ! Elle se révèle comme étant elle-même. C'est alors à cet instant qu'il faudrait peut-être se rappeler que ce qui est entre nous n'est pas seulement « nous », mais un Troisième. Et c'est ce Troisième qui est indissoluble. Pouvoir parler de l'indissolubilité du mariage suppose que deux personnes se soient rencontrées dans la dimension sacrée de leur être, c'est-à-dire dans la dimension qui leur échappe, dans ce qui ne dépend pas d'eux.

Si la rencontre a effectivement lieu à ce niveau-là, alors l'homme ne peut pas séparer ce que Dieu a uni. On peut ne plus avoir les mêmes idées, on peut ne plus s'aimer affectivement, on peut ne plus avoir de désir pour l'autre, ne plus avoir de pulsion à son égard, mais ce n'est pas grave... Ce désert n'est que le passage à une autre qualité d'amour. Nous nous rendons compte que ce n'est pas l'autre que nous aimions, mais que nous aimions seulement « être amoureux » de l'autre. En fait, ce qu'on aimait c'était soi-même, le sentiment amoureux, la pulsion, l'état vibratoire dans lequel l'autre pouvait nous mettre, ces palpitations qu'il éveillait en nous, l'intelligence, la clarté qu'il provoquait en nous... Nous aimions tout cela, mais pas lui !

Nous aimions juste être amoureux !

Ainsi, le moment où le vin vient à manquer, où la compréhension, l'affection, le désir viennent à manquer, est le moment de découvrir que justement il y a peut-être une autre source à notre rencontre : le Troisième. Et c'est bien Lui qui est indissoluble, parce que Lui n'est pas dans le temps.

Toutefois, le danger serait de mépriser la pulsion, de mépriser l'affectivité, l'intelligence. Il ne s'agit pas de dire cela. Il s'agit de comprendre que pour que deux êtres puissent vivre ensemble, la pulsion, l'affection et les idées communes ne suffisent pas !

Mariage de raison, mariage d'amour, de passion, et mariage de pulsion, sont tous des mariages solubles dans le temps. Le seul mariage indissoluble est celui qui reconnaît entre deux êtres l'Autre qui les a réunis. Alors, on peut même se séparer, si nos raisons évoluent vers des cohérences différentes, si nos passions se passionnent ailleurs, que nos pulsions nous conduisent chez le voisin ou la voisine...

Mais nous séparons ce que l'homme a uni, non ce Dieu a uni.

Si cet état n'est pas souvent vécu dans le mariage, on le constate parfois dans l'amitié entre deux êtres. Il arrive qu'on retrouve quelqu'un après s'en être séparé pendant de longues années, et c'est comme si on continuait une conversation ininterrompue. Rien ne semble nous avoir séparés, et pourtant... Tout nous a séparés : les années, la vieillesse. On se retrouve avec toutes sortes de rides, d'inscriptions de mémoires dans nos corps, dans nos visages, et cependant... Même si l'un est devenu riche et l'autre une « pauvre cloche », si la rencontre a eu lieu au niveau ontologique, au niveau de l'être, l'un dans les bras de l'autre, cela leur est complètement égal. Par contre, si la « vieille cloche » rencontre le milliardaire alors qu'ils n'ont été amis qu'au niveau des idées, au niveau humain, alors là, effectivement, chacun reste dans son milieu. L'un fait mine de ne pas reconnaître l'autre, et l'autre n'ose même pas s'adresser à lui...

En résumé, ce qui est indissoluble dans le mariage, dans l'amitié, dans l'amour, c'est Dieu !

L'amour et le mariage sont-ils deux choses différentes ?

L'amour et le mariage sont *quelquefois* deux choses différentes. Mais il y a aussi des mariages sacrés. Parfois, entre deux êtres, il y a quelque chose d'indissoluble, quelque chose qui ne passera jamais. C'est un grand bonheur, car cet amour, cet autre amour, va informer la pulsion, informer le désir, l'éclairer, le « désobséder ». Le délivrer de l'obsession. Il y aura ainsi beaucoup de tendresse dans la pulsion, beaucoup de respect. En décrispant la passion, l'autre sera alors aimé avec beaucoup plus de souplesse, de respect, que dans la passion seule qui, elle, est un enfer. Les gens que l'on a le plus passionnément aimés sont peut-être ceux que l'on a aimés le plus intensément mais certainement pas le mieux ! Pour le passionné, la qualité d'un amour se mesure à l'intensité de déraison qu'il a pu inscrire en lui. Le Troisième va éclairer la passion, la pulsion et la raison. Ce n'est donc pas un amour désincarné. Une autre dimension s'introduit dans ces différents lieux de la rencontre : rencontre des corps, rencontre des cœurs, rencontre des intelligences. Et cette dimension crée de l'espace, de l'air... De l'air dans la passion, de l'air dans la pulsion, et de l'air dans les intelligences. On peut ainsi, par exemple, penser deux choses différentes sur le même sujet sans pour autant se séparer. Que l'autre soit différent est alors un enrichissement.

De la même manière, si sa façon d'aimer est différente de la mienne, je vais apprendre. Je vais apprendre à porter un autre regard sur les choses, plus ou moins enthousiaste, plus clair, plus acéré, ou au contraire plus enveloppant. Au niveau des corps, je vais également apprendre de nouvelles choses : que moi, je trouve mon plaisir dans une certaine posture, une certaine attitude, et que l'autre trouve le sien dans une posture, une attitude différente... Nous allons échanger, dire à l'autre là où est notre plaisir... Et ce n'est possible que grâce à la liberté. Liberté d'une parole qui est venue nous rejoindre et qu'on a osé « laisser se dire ».

À cet instant, notre sexualité devient une sexualité humaine et non pas uniquement une sexualité animale ou encore une sexualité qui se cache. Cette sexualité véritablement humaine, est une sexualité habitée par le *Logos*.

Alors évidemment, vécu ainsi, le mariage devient quelque chose de terriblement intéressant. Là, c'est une relation sacrée. L'acte sacré qui est à la fois le plus humain et le plus divin.

Si le mariage est vraiment compris des deux êtres comme un acte sacré, l'amour s'en trouve élevé, libéré. Mais s'il ne s'agit que de la réunion de deux personnalités qui décident de vivre ensemble plutôt que cha-

cune de leur côté, ne risque-t-on pas d'assister à l'inverse : cette fois-ci l'amour ne risque-t-il pas d'être encagé ?

Oui, bien sûr. Dans ces conditions, le mariage est la mort de l'amour. C'est souvent ce qui se passe...

À ce propos, je pense à un beau livre de Christian Bobin « La part manquante ». C'est l'histoire de deux personnes qui s'aiment. L'histoire raconte qu'alors ils se marièrent et que ce jour-là Dieu les quitta...

Que s'est-il passé avec le mariage ? Eh bien, c'est que l'autre était à moi ! Nous avons voulu avoir des droits sur l'autre ! L'autre n'était plus un don, mais un dû ! Il devait *faire son devoir* conjugal... Le devoir n'était plus le plaisir conjugal, n'était plus l'étonnement, le jeu, mais uniquement un devoir. Le plaisir d'échanger des idées ensemble, de se battre, de se chamailler quand nous n'étions pas d'accord, est devenu un affrontement, une volonté de pouvoir pour défendre son territoire. Il faut qu'il y en ait un qui domine et que l'autre soit dominé !

La plupart des couples stables ne tiennent malheuseusement pas parce que Dieu les unit, mais parce que le sado-masochisme marche bien... !

Nous voyons des couples mariés qui ne s'aiment plus, et d'autres qui ne parviennent à s'aimer qu'en dehors de tout mariage (civil ou religieux).

Les deux attitude ne sont-elles pas toutes les deux déséquilibrées ? Refuser obstinément le mariage comme s'y précipiter n'est-ce pas exactement la même démarche ?

Complètement. C'est encore une fois notre difficulté avec les limites. Soit les limites nous enferment, soit nous les refusons. Nous revenons à ce que nous disions : le mariage est une convention sociale (acceptée, refusée ou tolérée) avec laquelle on s'accomode, mais finalement... là n'est pas la question. La question est : comment vivre cette dimension de l'éternel dans le quotidien ? Comment vivre l'amour dans un « côte à côte » qui n'est pas seulement ponctuel (week-end ou instants privilégiés) mais qui est celui du quotidien ? Qu'est-ce qui n'est pas soluble dans le quotidien ?

Vous avez raison de dire que le refus du mariage, comme sa quête à tout prix, sont deux impasses.

Peut-être faudrait-il trouver un autre nom pour parler de cette union sacrée entre deux êtres qui acceptent de s'aimer, à la fois dans leur dimension spirituelle et dans leurs limites.

Il est vrai que, dimension sacrée ou non, le seul nom utilisé pour une vie commune officielle est « mariage ». En revanche, lorsque deux êtres vivent ensemble au quotidien, de la même manière que s'ils étaient mariés, mais sans être passés par les arcanes sociales ou religieuses du mariage, nous parlons alors « d'union libre ». Cette expression est très belle... Est-on plus libre dans ce cas-là que dans le mariage ?

Oui. Parce qu'il faut voir ce qu'on a fait du mariage ! Le mariage n'a plus rien à voir avec l'idée originelle. Le mariage est devenu cette institution sociale qui tue l'amour, qui fait sortir Dieu de la relation. Alors que la relation de l'homme et de la femme était le lieu où Dieu s'incarne, se manifeste.

« *Au commencement Dieu créa l'homme à son image. Homme et femme il les créa...* »

L'image de Dieu, c'est la relation de deux êtres différents dans l'unité, et unis dans leurs différences. C'est là que s'incarne concrètement la trinité, l'expérience trinitaire, c'est-à-dire l'expérience d'une relation. Il est vrai qu'aujourd'hui le mot « mariage » renvoie à une institution sociale. Et pour certains, mieux vaut ne pas se marier, si c'est pour tuer la relation.

Néanmoins, pour d'autres, à l'inverse il vaudra mieux se marier. Car le mariage va les aider à incarner dans le quotidien, dans le temps, une relation qu'ils auraient sinon tendance à simplement rêver. Et le divorce n'est-il pas la chute d'un rêve ?! N'est-ce pas la déception devant un mariage rêvé plus que vécu ?...

C'est là une autre question, mais je suis frappé de voir à quel point on divorce vite...!

Selon vous, pourquoi divorce-t-on si vite que cela ?

On divorce très vite, parce qu'on ne supporte pas le désert. On ne supporte pas le désert du désir, le désert de la passion, le désert de l'intelligence. On ne supporte pas ce deuil de l'image que j'ai de l'autre, et qui, pourtant, va me permettre de rencontrer l'autre.

Pour moi, c'est le signe effectif qu'il y a très peu de mariage d'amour. Il y a des mariages de pulsion, de passions, d'idées, de raison, mais il y a peu de mariages d'amour.

Au simple niveau humain, l'amour, n'est-ce pas quand bien même on ne se comprend plus, quand bien même on n'a plus de sentiments amoureux à l'égard de l'autre, quand bien même on n'a plus de pulsion envers l'autre ? Cela ne veut pas dire qu'on ne l'aime plus... Nous l'aimons différemment, avec moins d'intensité... Seulement voilà ne préférons-nous pas nos intensités pulsionnelles, passionnelles et intellectuelles, à lui ?! Là est vraiment la question...

Ce moment du désert de l'amour n'est pas obligatoirement le moment où l'on devrait divorcer, mais plutôt le moment où l'on devrait choisir l'autre en tant qu'autre. Mais à ce moment-là, on se choisit soi ! Et on se retrouve avec un autre, pour recommencer la même chose.

Aujourd'hui, l'union sacrée n'étant pas très fréquente, nous ne savons pas toujours exactement pourquoi nous nous marions. Savons-nous mieux pourquoi nous divorçons ?

Le mot juste pour le mariage, est l'Alliance entre deux libertés. Mais la plupart des mariages ne sont pas de alliances. Pour qu'il y ait alliance, il faut qu'il y ait deux « entiers » ; il faut qu'il y ait la rencontre de deux « entièretés ». Or, la plupart des mariages sont la rencontres de deux moitiés ! Ce ne sont que des mariages, c'est-à-dire un inconscient qui rencontre un autre inconscient.

Je vais chercher chez l'autre la part de moi-même qui me manque. C'est d'ailleurs pour cela que j'ai le coup de foudre ! Je me reconnais tout de suite... puisque c'est la partie de moi-même qui me manque.

N'est-ce pas un comportement très narcissique ?

Oui, bien sûr ! Je n'ai aimé que moi ! J'ai aimé mon autre moitié. Et dès que je récupère cette autre moitié, je l'intériorise. En fait, je me sers de l'autre pour devenir moi, pour devenir entier. Mais le problème, c'est qu'une fois que je me retrouve avec mes deux moitiés, que je me retrouve entier, je me demande alors ce que je fais avec cet autre à mes côtés ! Je n'en ai plus besoin... donc *adieu* !

Ainsi nous pouvons décider de nous dire adieu, ou alors de continuer ensemble, maintenant que nous sommes deux entièretés. Mais si nous continuons, l'autre n'est plus là pour combler nos manques, ni nous les siens. Nous sommes là pour vivre une drôle d'aventure, pour nous occuper de nos enfants, pour nous couronner l'un l'autre.

Effectivement, peut-être devrait-on distinguer le mariage de l'alliance, car l'alliance suppose deux libertés, deux entièretés.

Aimer un autre entier est tout de même plus intéressant qu'aimer une autre moitié ! Aimer une autre moitié, c'est s'aimer soi-même, alors qu'aimer un autre entier c'est peut-être commencer à devenir adulte, c'est-à-dire à aimer l'autre parce que le Réel, c'est l'autre.

Il existe aussi une sourde culpabilité dans le mariage, semblant naître d'une incapacité à pouvoir vivre le quotidien avec l'autre, et ce malgré les engagements pris. Quelle est la source de cette culpabilité ?

Il existe en effet une culpabilité de ne pas pouvoir vivre avec l'autre, de ne pas être au niveau de cette alliance. Mais avant de parler de cette culpabilité-là, il faut parler de la culpabilité au niveau social. Il s'agit de la culpabilité de ne pas être comme tout le monde, de ne pas remplir les canons de l'ordre social par rapport à l'image du couple, du mariage ou de la famille. Coupable de ne pas être comme les autres ? En fait, coupable de ne pas remplir l'image que d'autres projettent sur nous, ou encore coupable de ne pas être à l'image de son propre désir. Effectivement, l'image parentale ou sociale sera importante.

Une église, l'église romaine va, elle, non seulement condamner le divorce, mais en plus priver les divorcés de l'accès aux sacrements, à la communion.

Remarquons toutefois que dans la tradition ancienne, tradition chrétienne encore aujourd'hui conservée dans l'église orthodoxe, l'église admet l'échec d'un amour. Nous pouvons échouer. Nous pouvons échouer justement parce que, comme nous le précisions, nous sommes mariés au niveau de deux inconscients. Nous ne nous sommes pas vraiment choisis, et entre nous n'existait pas cette dimension spirituelle.

La cause de nombreux divorces est en fait que l'un s'est ouvert à une certaine dimension de l'être, quand l'autre s'y est fermé. Là, nous sommes alors essentiellement séparés, et ce, même si au niveau pulsionnel, affectif, intellectuel, nous nous entendons bien. Malgré tout, nous sentons qu'essentiellement, ontologiquement, nous ne sommes plus dans le même monde, nous ne communiquons plus au même Être. Dans ce cas précis, le divorce est « consommé ». L'église reconnaît donc que deux être aient pu se tromper.

En réalité, qui se marie vraiment adulte ?! Qui se marie libre à l'égard de son inconscient ?

En ne culpabilisant pas l'échec, l'église orthodoxe offre cette possibilité de ne pas s'y enfermer. Elle permet de le reconnaître. De reconnaître cet échec comme une souffrance, car c'est toujours une souffrance de voir les limites de sa patience, de sa capacité à aimer.

De plus, reconnaître que l'on s'est trompé étant déjà une souffrance... Ce n'est pas la peine d'en rajouter !

Au contraire, dans ces moments-là nous avons vraiment besoin des sacrements, nous avons vraiment besoin de nous rappeler que si la société nous abandonne, si notre mari ou notre femme nous abandonne, l'Être, Lui, ne nous quitte pas, et le Vivant continue à nous habiter. Nous sommes capables d'aimer, nous sommes encore capables de nouer une relation. Relation qui, si elle est conséquente avec elle-même, si elle tire quelques leçons de son échec, ne retombera peut-être pas dans les mêmes impasses. Vous voyez donc, là aussi, l'importance de l'acceptation de l'échec. Ne pas le nier, et voir qu'effectivement nous avons des limites et que nous ne savons pas aimer. Nous ne savons pas ce qu'est aimer quelqu'un, ce qu'est aimer un autre.

En fait, nous n'aimons qu'une image que nous avons projeté sur l'autre, et non seulement nous nous trompons, mais nous le trompons. Nous dormons dans le même lit, mais pas dans les mêmes rêves...

Quand nous nous sommes trompés, il faut accepter de s'être trompés, se le dire, et se rendre sa liberté. Mais comment faire cela intelligemment, sans oublier que cet échec a eu des fruits, des enfants ? Comment resituer tout cela par rapport aux enfants ?

Ce type de séparation ne semble possible que lorsque les deux parties constatent ensemble l'échec, et entrent ensemble dans la lucidité. N'est-ce pas très rare ?

Oui, c'est extrêmement rare...

Dans la plupart des cas n'y en a-t-il pas qu'un sur les deux qui « ne supporte plus... » ?

Et c'est comme ça que le divorce devient quelque chose de dramatique, parce qu'il devient le lieu de l'accusation de l'autre. Si l'amour a échoué, ce n'est pas à cause de moi, c'est à cause de toi ! Parce que tu ne m'as pas compris, parce que tu ne m'as pas aimé, etc.

Dans le cas justement d'une décision unilatérale, la notion de culpabilité n'est-elle pas plus aiguë ? Culpabilité qui prendrait sa source dans une sensation d'incapacité à être heureux...

Tout échec a des causes à la fois physiologiques et psychologiques. Dans le mariage, beaucoup d'échecs s'enracinent dans les névroses partagées de l'un et de l'autre. Exemple : la névrose d'abandon. C'est alors que l'échec du mariage ne fait que répéter un échec vécu dans la relation avec son père ou sa mère ; une culpabilité dans laquelle on se resitue, que l'on répète. Nous sommes bien dans le domaine névrotique, qui peut mener à la rupture et au divorce. Mais encore une fois, n'y a-t-il pas assez de souffrance comme cela ?!

C'est pourquoi le rôle d'une communauté spirituelle, quelle qu'elle soit, est d'aider à savoir ce que l'on doit faire de son échec.

N'en fait-on pas trop souvent une occasion d'enfermement ?

Quelquefois l'Église enferme les gens dans leur échec, dans les conséquences négatives du divorce, en les excluant de la communion ou de la communauté. Mais où et quand faisons-nous de l'échec une occasion de conscience ?

Nous sommes-là au cœur de l'Évangile.

Qu'est-ce que l'Évangile ? C'est l'échec, mais un échec traversé ! Qu'est-ce que la croix ? C'est l'échec de l'amour ! D'une certaine façon, le Christ a échoué. Il a échoué à être aimé de ceux qu'Il aimait. La croix... c'est l'échec total ! Pourtant, au cœur même de cet échec, il y a encore de l'amour.

Ce merveilleux exemple veut nous dire que ce n'est pas parce que nous avons échoué dans un amour, qu'il ne faut plus aimer, que l'amour est mauvais.

C'est une réaction typique dans certains divorces, où effectivement, parce que l'échec est terrifiant, infiniment douloureux, on se dit : « maintenant je n'aimerai plus jamais ! On ne m'y reprendra plus ! ». Et on s'enferme... on s'endurcit.

En même temps, on se culpabilise parce que, profondément, nous sentons bien que nous sommes en train de tuer la vie, de tuer le désir. Nous sommes en train de tuer ce qu'on a de meilleur. Nous sommes en train de tuer Dieu en nous, de le crucifier, de le re-crucifier !

C'est la croix qui reste enfermée sur elle-même, c'est l'échec clos sur lui-même. Comme un christianisme qui s'arrêterait le vendredi saint. Comme un mariage qui s'arrêterait aussi ce vendredi-là ! Alors qu'il faudrait vivre nos rencontres comme une « pâque », comme un lieu de transformation.

Mais il est vrai, qu'il y a des jours qui sont vraiment comme le vendredi saint : c'est vraiment l'échec, c'est vraiment l'abandon !

Au niveau du mariage de raison, on échoue à se faire comprendre ; au niveau du mariage de pulsion, on échoue à s'exciter... Et cela, malgré les chatouilles ou les petits produits que l'on peut prendre...!

De nombreux divorces sont réellement basés là-dessus : le désir est mort. Tu peux faire tout ce que tu veux, je suis devenu sec, je suis devenu mort. Et que se passe-t-il ? J'en déduis qu'on ne s'aime plus, donc quittons-nous !

Pour certains, elle est là la cause du divorce. Il ne faut pas se raconter d'histoires : c'est à ce niveau que beaucoup de couples se séparent.

Dès lors, que fait-on de cet échec ? En fait-on une occasion de conscience ? En parle-t-on ? Si nous en parlions, il serait possible que ça aille mieux, car nous pourrions alors sortir de la peur. Cette peur de ne pas être « bien ». Est-ce que je la (ou le) fais vraiment jouir ? Ce n'est même pas le souci de l'autre, mais notre propre souci d'être un « superman » ou une « superwoman ».

Là encore, ne sommes-nous pas victimes d'une loi de société qui nous place toujours dans l'obligation de réussir, d'être le meilleur ?

Exactement. C'est pourquoi je pense que le mariage est fait pour échouer ! Une relation est faite pour décevoir.

Afin que nous changions ?

Afin que nous passions... au-delà. De la même façon, on dit que le Christ est entré dans le monde pour mourir.

Voulez-vous dire que si une relation passionnelle, fusionnelle, ne nous décevait pas un jour ou l'autre, nous ne connaîtrions jamais une véritable union ?

On ne sortirait pas de sa maman ! On ne sortirait pas de l'indifférenciation, on ne sortirait pas de soi-même. Car, de quel échec parlons-nous ? De l'échec du Moi ! Et qu'est-ce que l'échec du Moi ? C'est encore une fois la reconnaissance de nos limites. Notre corps a des limites : il n'a pas toujours du plaisir. Notre cœur a des limites : il y a des jours où l'on n'a aucun bonheur à être avec l'autre. Il nous pèse, il est lourd. Notre intelligence a des limites : il y a des jours où l'on ne comprend rien. On est con, borné !

Bon... et alors ?! Est-on tout de même capable de ne pas se complaire dans cet échec ?

Certains disent : restons mariés, surtout si nous n'avons pas de plaisir, surtout si nous ne nous aimons plus, surtout si nous ne nous comprenons plus... Et soyons martyrs. Mais on n'est pas martyrs, on est masochistes !!

Le mariage religieux, par exemple, peut-être excellent pour certains masochistes : mon mari est merveilleux, il ne me fait pas jouir... donc je plais à Dieu puisque je n'ai pas de plaisir ! Ou encore : mon mari ne m'aime pas, il me trompe. Très bien, pendant ce temps-là je vais pouvoir aller prendre des bains de bénitiers ! On ne se comprend plus ? Qu'importe... De toutes les façons, il n'y a que Dieu qui me comprenne !

Vous soulevez brièvement le sujet de l'adultère. L'église romaine condamnant le divorce, les couples mariés selon cette tradition ne seront jamais divorcés que socialement et non devant Dieu. Mais s'ils vivent ensuite un nouvel amour, ne le vivront-ils pas alors perpétuellement en état d'adultère ?

Dans ce contexte-là, oui.

Mais c'est extrêmement lourd !

C'est grave psychologiquement et spirituellement car alors cette personne va se culpabiliser d'aimer ! Elle peut se dire : « Je n'ai le droit d'aimer que cette personne avec qui je me suis mariée devant monsieur le curé... »

Devant monsieur le curé... Et non pas en présence de Dieu, non pas dans cette expérience de Dieu dont nous avons parlé. Non plus que dans cette union où, justement, je découvre qu'entre nous, il y a quelqu'un qui ne nous trompera pas.

Nous, nous pouvons nous tromper, mais Celui qui est entre nous ne nous trompera pas. Il est Celui qui est. On se trompe l'un l'autre, parce qu'on oublie Celui qui est entre nous.

Ainsi, nous devons d'abord aider la personne à prendre conscience de son échec, car en même temps c'est grave, et ça ne l'est pas. C'est infiniment grave parce que c'est douloureux et que c'est la condition humaine. Le Christ lui-même a échoué. C'est la croix. Mais en même temps, ça ne l'est pas car ce n'est pas la fin de tout. Après la croix (si on l'accepte, si on y fait entrer de l'amour et de la conscience) c'est la résurrection.

Et c'est vrai que parfois, au cœur d'un couple, après une rupture, un divorce légal ou autre, quand on se retrouve au-delà du divorce, au-delà de l'échec, on se retrouve alors au-delà du Moi. Et au-delà de l'union de ces deux Moi qui ne s'entendent plus, qui n'ont plus de plaisir, de bonheur, de joie, à être ensemble, il peut alors y avoir quelque chose qui ressuscite.

Cependant, ce qui ressuscite n'est pas Toi et Moi, mais ce qu'il y a entre nous... Et le couple en profite. Là, le corps ressuscite, l'affection ressuscite, l'intelligence ressuscite. Mais bien sûr, ce n'est pas comme avant. Le corps ne retrouve pas l'intensité pulsionnelle de ses vingt ans. La passion n'est plus la même, elle est passée à travers l'échec de ses anciens modes d'expressions...

S'agit-il de l'échec de nos illusions ?

L'échec de nos illusions, ainsi que l'échec d'un certain mode de relation. L'échec du Moi, qui veut s'approprier un autre Moi. Peut-être entrons-nous là dans l'alliance.

Le rôle d'une église est d'accompagner cet échec. De permettre la traversée et d'aller au-delà. L'échec n'est pas le dernier mot. Le dernier mot est la résurrection. Cependant, avant la nouvelle alliance, il y a effectivement le « samedi saint » : le jour du vide, le jour du manque. Voilà pourquoi il ne faut pas entrer trop vite dans une nouvelle alliance. Quelquefois, les hommes surtout, se remarient trop vite, parce qu'ils ont peur du vide, du tombeau vide, du rien.

C'est une catastrophe, car il sera alors demandé à la nouvelle épouse (ou au nouvel époux) de combler le manque dans lequel l'autre l'aura laissé. Mais l'autre ne se remplace pas ! On ne remplace un homme par un autre homme, une femme par une autre femme !

Peut-on remplacer un corps par un autre corps ?

Même pas... Nous ne pouvons pas remplacer un corps par un autre corps, car chaque corps est unique. Chaque corps a bien sa façon très personnelle d'avoir du plaisir et de le communiquer ou de le retenir. Chaque être est unique, même dans le corps. Néanmoins, il est sûr que si je ne fais l'amour qu'avec moi-même, me servant du corps de l'autre comme d'une poupée gonflable... Alors, là, évidemment... !

Est-ce la différence entre le corps-objet et le corps-sujet ?

C'est cela. Si nous sommes avec un corps-objet, nous ne rencontrons jamais « un autre », nous ne sommes qu'avec nous-mêmes.

Vous dites que le mariage monogamique est une institution tardive, sans doute créée pour l'équilibre psychologique des enfants. Qu'en est-il aujourd'hui ? Est-ce toujours la principale justification du mariage ?

Il sert également à l'avènement de la dimension personnelle de la relation. Par exemple, encore aujourd'hui en Inde, ce ne sont pas deux personnes qui se marient, mais deux constellations, deux horoscopes, deux familles qui s'unissent. De même que dans nos sociétés médiévales un mariage n'avait rien à voir avec l'amour. Le mariage était la perpétuation de l'espèce, de la société.

Au moins, à cette époque-là c'était clair !

Oui, c'était clair mais... Je vais peut-être vous choquer, mais je pense qu'on ne se marie pas avec quelqu'un parce qu'on l'aime, mais pour l'aimer ! Pour apprendre à l'aimer.

Dans ces sociétés traditionnelles, on ne se mariait pas parce qu'on aimait quelqu'un, puisque de toute façon on ne l'avait pas choisi. Dès leur naissance, les mariés étaient déjà promis à quelqu'un de leur famille. Dès l'âge de deux ans, ils étaient déjà mariés. Dans ces cas-là, on se marie bien pour apprendre à aimer... Et ce n'est peut-être pas plus mauvais.

Qu'est-ce qui est le plus intéressant : un mariage passionnel qui s'écroule parfois à la fin de la nuit de noces, ou un mariage avec quelqu'un que l'on n'aime pas au début, mais que petit à petit, jour après jour, on apprend à découvrir ? On découvre qu'il a des qualités, et quelquefois on finit par l'aimer.

Mais bien sûr, d'un côté comme de l'autre, ce n'est pas la solution. D'un côté comme de l'autre, ce n'est pas l'alliance, ce n'est que le mariage...

En fait, pour qu'il y ait véritablement alliance, il faut être passé par ce qu'on pourrait appeler la « mésalliance », ou la « désalliance ».

Nous retrouvons cela dans le processus analytique, où il y a le moment du lien : lier, délier, allier. Le moment du lien est le moment amoureux, le moment de la fusion. C'est un moment très jouissif parce que très infantile. Ce sont deux « ça » qui se rencontrent. Puis, vient le moment du Moi. Le Moi qui émerge du ça, qui sort de la fusion, c'est la phase du « délier ». Moi, c'est moi... Et toi, tais-toi... (rires).

Quand vous dites « Le Moi émerge », j'ai l'image d'un écueil émergeant au-dessus des eaux. Soit ça passe et nous connaissons l'alliance, soit ça casse... !

C'est cela. Ça passe ou ça casse ! C'est le moment où le Moi adulte émerge du Moi enfant, où le Moi aimant émerge du Moi amoureux.

L'amour entre deux êtres ressemble alors à un navire devant passer entre les deux rochers que sont les Moi de chacun ? La passe est souvent étroite et dangereuse... Si ça passe, c'est la haute mer, mais si ça casse, l'amour est écrasé entre les deux blocs !

Oui... Et la plupart du temps, ça ne casse même pas, ça s'enlise ! Il vaudrait mieux que ça casse, que ça craque. Parce que quand un mariage s'enlise, nous ne sommes ni mariés ni célibataires. Nous ne savons pas où nous sommes, mais en tout cas nous nous empoisonnons la vie !

Il faut du courage pour affronter l'autre dans sa différence. Bon, cela dit, on ne se marie pas pour casser ou s'enliser... mais pour passer ! Pour se découvrir dans sa vérité. C'est le troisième terme : nous entrons enfin dans l'alliance.

Vous dites que les raisons qui nous font demeurer mariés ne sont pas toujours les mêmes que celles qui furent à l'origine de ce mariage...

Oui, justement quand ce sont des raisons. Nous nous sommes mariés pour un coup de cœur, et parfois nous restons mariés pour des raisons d'argent ou de sécurité. Mais pas toujours... Il faut éviter de généraliser. Il ne faudrait pas maintenant se culpabiliser de rester mariés ! Nous passons alors à un autre extrême : dans une classe d'écoliers, ce sont ceux dont les parents ne sont pas divorcés qui sont anormaux ! Là, nous changeons de règles sociales. La normalité serait d'être divorcé... Ce qui serait normal, serait l'échec ! Or, l'échec n'est pas plus normal que l'enlisement. Ce qui est normal, c'est de traverser. Ce qui est normal c'est qu'à travers nos conflits, nos différenciations, nous grandissions. Lier, délier, allier... Mariage, divorce, alliance... Nous pouvons nous allier avec la même personne que celle avec laquelle nous nous sommes mariés.

N'est-ce pas là où le mariage, en tant qu'institution sociale semble pernicieux ? Dans le cas d'une union libre le passage du « délier » sera simplement appelé séparation. N'est-il pas plus facile pour un couple de se retrouver dans une alliance après une simple séparation, plutôt qu'après un divorce qui est une rupture lourde, officialisée, légalisée ?

Ce que vous dites est très juste, parce qu'on légalise l'union et on légalise la rupture. On enferme dans une union qui n'en est pas une, et on enferme dans une différenciation qui n'est pas une séparation. Alors que le divorce peut être un moment psychologique de différenciation.

Dans nos types de sociétés, il n'existe aucun autre moyen que le divorce si l'autre ne veut pas comprendre que nous sommes deux. L'un et l'autre, avons, par exemple, des finances distinctes... Ça passe aussi par ces choses-là. Ce sont des épreuves de différenciations. Il ne faudrait pas s'enfermer... Certains s'enferment dans le mariage, et d'autres dans le divorce !

Ceux qui se précipitent vers le mariage ne sont-ils pas les mêmes qui se précipitent aussi vers le divorce comme « une solution à... » ?

Tout à fait !

Ne pas vouloir revenir sur un jugement officiel comme un divorce, est-ce une question d'orgueil envers soi et la société ?

Oui. L'orgueil est là. Nous nous sommes mariés pour la vie : par orgueil nous restons, et là nous nous enlisons. Effectivement, nous ne restons plus par amour mais par orgueil. Et c'est aussi par orgueil que nous restons séparés de l'autre, parce que telle est ma décision, etc. D'un côté comme de l'autre, ce sont deux Moi dans l'inflation. Inflation qui s'affirme dans le « tenir coûte que coûte », se détruire à petit feu, comme l'inflation d'une séparation « coûte que coûte » pour surtout ne pas se retrouver, ne pas se demander pardon.

Recommencer sur d'autres bases ne serait pas la « même chose »... Encore une fois, il s'agit alors d'un nouveau couple. Voilà pourquoi se « remarier » est un mauvais mot, puisque nous entrons dans une nouvelle alliance.

Il est vrai qu'il faut se méfier du terme « remarié ». On ne peut s'empêcher de penser à la parole du Qoélet *:* « Buée de buée... ce qui a été sera, rien de nouveau sous le soleil... » *Et nous pourrions facilement utiliser cette parole afin de ne pas oublier les circonstances qui nous ont fait nous séparer.*

Ce que dit le *Qoélet*, c'est ce que dira Freud : le mécanisme de répétition. Nous répétons les mêmes choses, et ce sont des schémas d'enfance...

Est-il possible, avec la même personne de ne pas tomber dans la répétition ?

Oui, s'il y a une mort, s'il y a une résurrection. Ce qu'on répète sont nos histoires de couples avec papa et avec maman. Pour Freud, il est évident que nous répétons cela jusqu'à la mort. Nous pouvons changer de mari ou de femme autant de fois que nous voulons, à chaque fois c'est un peu plus gros. Il arrive donc un moment où l'on accepte d'échouer. Et nous arrêtons alors de croire qu'avec un autre ce sera mieux.

Mais, bien sûr, cela suppose que nous rencontrions quelqu'un qui accepte que nous échouions ensemble, puis que nous fassions ensemble quelque chose de cet échec...

Il y a des personnes qui, elles, se mettent d'accord pour se séparer, pour se détester. En fait, nous devrions nous marier pour nous détester, ce serait beaucoup plus logique ! Finalement ce qu'on apprend dans le mariage, c'est la haine et non l'amour. L'état amoureux est avant le mariage, et l'amour, lui, est après !

Pourtant, vous précisez que dans les sociétés asiatiques on se marie pour apprendre à s'aimer ?

Oui, mais dans ces sociétés-là, et parce qu'au début on se déteste ! On se déteste parce qu'on en veut à l'autre. D'abord, on ne l'a pas choisi, ce sont nos parents qui ont voulu ce mariage. Et puis les astres se sont peut-être trompés, il n'y a pas d'entente, etc. Finalement, nous vivons avec quelqu'un pour apprendre quelle haine nous habite. Et lorsque nous franchissons le mur de la haine, c'est-à-dire le mur de l'acceptation de l'autre dans son altérité, alors nous débouchons sur l'amour.

Avec Dieu, c'est pareil. Comme Marie-Noël qui commençait ses prières en disant : « Mon Dieu, je ne vous aime pas. », le jour de notre mariage nous devrions nous dire : « je ne t'aime pas » !

Vous parlez de l'amour et de la haine. Pourtant selon vous ce n'est pas la haine qui est l'inverse de l'amour, mais la peur n'est-ce pas ?

Oui. Absolument. Mais il faut commencer par là. Après nous découvrons effectivement que le contraire de l'amour est la peur. Et la raison pour laquelle nous détestons l'autre, c'est que nous en avons peur. Mais plus fondamentalement, nous découvrons surtout que cette peur est la peur de ne pas être aimé.

N'est-il pas très difficile non seulement d'accepter une situation d'échec, mais en plus de détester l'autre ?

Il s'agit d'accepter soi-même de ne pas être là pour « combler » l'autre. Nous ne sommes pas là pour répondre à ses attentes ; nous n'y arriverons pas. Nous nous marions en pensant que nous allons rendre l'autre heureux... Alors que dans l'alliance, nous acceptons que l'on puisse ne pas le rendre heureux. Nous pourrions faire tout ce que nous voulons, c'est impossible si lui ne le veut pas... Et d'ailleurs, même s'il le veut ! On ne comblera jamais son manque.

Nous revenons alors au *Troisième* : le jour où j'arrête de projeter l'infini sur un être fini, j'arrête de lui empoisonner la vie ! En fait, j'arrête de lui demander TOUT, parce qu'il n'est pas TOUT !

Il ne faut pas demander à l'autre d'être Dieu. Il ne faut pas demander à l'autre de combler tout l'amour qui nous a manqué (l'amour de ma mère, de mon père, etc.) L'autre n'est pas là pour combler notre manque. Bien souvent il est là pour le creuser, pour le mettre à vif. Avec cette infinie tristesse qui parfois nous envahit lorsqu'on est avec l'être que l'on aime le plus au monde, et que l'on se rend compte que ce n'est pas encore lui... Ce n'est pas encore lui (ou elle) et pourtant nous ne pouvons pas trouver mieux que lui (ou elle). Nous sommes encore dans la projection, nous demandons à un être humain d'être le Tout qu'il n'est pas, d'être l'Infini qu'il n'est pas.

Le jour où l'on sait que cet Infini est le *Troisième*, alors on ne demande à l'autre de n'être que ce qu'il est. Même d'être aussi stupide qu'il est... Une mère peut très bien comprendre cela. Ce qu'on aime chez son enfant n'est pas toujours ce qu'il a de bien, c'est souvent ses défauts, ses limites. Dans un couple qui s'aime vraiment, ce qu'on aime chez l'autre ne sont pas seulement ses grandes qualités, c'est aussi sa bêtise, sa faiblesse, ses défauts... Mais il nous est difficile de comprendre cela, parce que nous n'avons été aimés que pour ce que nous avions de bien. Et nous n'imaginons pas pouvoir être aimés pour rien ! C'est impossible. Nous voyons-là à quel point : « Pécheur ma mère m'a conçu... ».

Nous ne sommes pas nés dans la confiance, et non seulement nous n'avons pas confiance en nous, mais nous n'avons surtout pas confiance dans le fait que l'autre puisse nous aimer et en plus aimer nos limites !

Ne pas pouvoir imaginer que l'autre puisse nous aimer tels que nous sommes, ne prouve-t-il pas à quel point nous sommes incapables, nous, de nous aimer tels que nous sommes ?

Bien sûr. Là est la clé... « *Aime ton prochain comme toi-même* ». Nous ne pouvons aimer l'autre que si nous nous aimons nous-mêmes. Et nous détestons notre prochain, comme nous-mêmes. Voilà ce qu'on apprend dans le mariage...

Ce que l'on déteste chez l'autre, c'est tout ce que l'on déteste chez soi ?

Tout à fait. Et ce qu'on aime chez l'autre, c'est ce qu'on aime chez soi. Jusqu'au moment où ce qu'on aime chez l'autre est aussi ce qui lui est propre, sa différence. Mais cela suppose que l'on ait accepté d'aimer chez l'autre ce que l'on n'aime pas en soi-même.

Aimer sans complaisance, mais avec beaucoup de tendresse ?

Oui. Mais cela, comme vous le dites, ce n'est pas facile. Peut-être faut-il passer par l'amour de Dieu, par l'amour inconditionnel. Savoir que mon père et ma mère ne m'ont pas aimé inconditionnellement parce qu'ils ne le peuvent pas !

Nous, nous aimons toujours sous conditions : à condition que tu sois toujours intelligent, qu'il y ait toujours de l'argent dans ton portefeuille, etc. Il y a toujours une condition !

Nous n'aimons pas inconditionnellement, nous ne savons pas, nous ne pouvons pas. Mais il y a l'expérience de l'amour divin. Là, nous nous rendons compte que Dieu nous aime inconditionnellement, et qu'Il est créateur de nos propres défauts. D'ailleurs si nous regardons d'un peu plus près, heureusement que Dieu a créé des failles en nous, sinon je ne vois pas par où Il pourrait entrer !

Voilà peut-être le plus grand problème. Nous nous évertuons à masquer nos failles, nos manques, nos faiblesses, alors que c'est en les acceptant que la porte peut s'ouvrir sur cet Autre qui, Lui, nous aime inconditionnellement...

Oui. Quand on enlève ses cuirasses. Mais si l'on enfile une cuirasse c'est pour ne pas se montrer vulnérable, car souvenons-nous qu'il ne faut pas se mettre nu devant n'importe qui !

Il ne faut pas se montrer nu devant quelqu'un susceptible de se servir de votre vulnérabilité pour confirmer sa force. Encore une fois, l'amour et l'intelligence, le cœur et l'intelligence ne doivent jamais être séparés, sinon c'est dangereux.

Il est dangereux de montrer ses failles, de montrer ses blessures, car l'autre peut en profiter pour confirmer son pouvoir et son oppression. D'où l'importance de la prière, de l'adoration. Car, là, nous pouvons nous montrer nus tels que nous sommes, et nous accepter avec nos failles. Néanmoins, pour aller vers les autres, il n'est parfois pas inutile de remettre sa cuirasse.

XI

De l'Aveu à la Pureté

Pour beaucoup il semble difficile d'admettre que le simple fait de confesser un acte ou une pensée répréhensible à un prêtre, suffise pour en être purifié, et ainsi repartir léger. Le mot même « confession » reste ambigu puisqu'il peut signifier l'aveu d'un péché comme l'appartenance à une Église précise.

Existe-t-il vraiment une nécessité de confession et sera-t-elle différente suivant les traditions ? Que peut-on répondre à un enfant qui s'interroge sur l'utilité et l'attitude à adopter face à la confession aujourd'hui ?

D'abord, la première question : est-ce nécessaire ?

Il faut savoir que la confession telle que vous l'évoquez, date du XVIe siècle ! À l'origine, on ne se confessait pas. Beaucoup de saints, saint Augustin par exemple, ne se sont jamais confessés de leur vie ! Il existait dans l'Église primitive ce qu'on appelait les « pécheurs publics ». Si quelqu'un avait commis un crime, ou autre, et le reconnaissait comme un acte faisant du mal à la société, il le confessait devant tout le monde.

Vous avez raison de rappeler cette ambiguïté du mot « confession », puisque l'on parle aussi de Maxime *le Confesseur,* dans le sens où il a « confessé » sa foi, où il est mort martyr !

Confesser, c'est dire ce que l'on est, c'est s'avouer tel que l'on est. C'est l'état d'aveu. Et dans cet état d'aveu, quelquefois dire les actes que l'on a pu faire, ou causer. Cet aveu se situe dans un chemin de retour. Ce qu'on appelle la confession, comme le mot *penitentia* : faire pénitence, ou la conversion, cela veut dire revenir de ce qui est contraire à la nature vers ce qui lui est propre.

Nous faisons pénitence parce que nous nous sommes écartés de notre véritable nature. Souvenez-vous du mot *hamartia* (le péché) qui signifie « viser à côté », « être à côté de soi-même », perdre son axe. Faire pénitence, c'est revenir dans l'axe, c'est avouer que nous nous sommes écartés de notre être essentiel, que nous nous sommes écartés de l'amour, de la beauté. Il y a bien dans cet aveu un mouvement de retour, de retour vers l'Être essentiel. Voilà pourquoi, notamment au Moyen Âge, les pénitences étaient souvent des pèlerinages, afin de symboliser dans l'espace ce mouvement de retour vers le centre. En particulier le pèlerinage au labyrinthe de Chartres, rappelait qu'à travers tous les méandres de notre vie, il nous fallait retrouver le centre.

Il est donc évident que la confession dans une « petite boîte », qui date des siècles derniers, n'a rien de traditionnel. Il n'existe d'ailleurs pas de confessionnal dans l'orthodoxie. La confession n'existe pas dans ce sens-là.

En revanche, nous pouvons accueillir l'être qui prend

le chemin du retour, qui revient à lui, qui revient au Christ, qui revient à la Lumière après s'en être écarté, et demande au Christ Son Esprit. Généralement, cela se passe devant l'icône du Christ.

Quand nous avouons (et c'est un acte de grande noblesse de pouvoir s'avouer tel que l'on est dans la présence de quelqu'un qui nous aime), le prêtre est là pour confirmer cette qualité de l'Être devant lequel nous nous plaçons et qui seul est capable de pardon. « *Si ton cœur te condamne, Dieu est plus grand que ton cœur* », voilà la parole que dit le prêtre. Ainsi, il rappelle à l'homme qu'il n'est pas, à lui-même, son propre juge.

Encore une fois, comme le disait Paul Ricœur : « *L'homme contemporain n'a pas de conscience plus grande que sa propre conscience.* » C'est pourquoi l'homme contemporain vit dans la mauvaise conscience, dans la culpabilité.

Le rôle d'une religion, justement d'une *confession*, est de rappeler qu'il y a en nous une conscience plus vaste que la nôtre, une conscience plus vaste que notre mauvaise conscience, puis de nous remettre en face d'elle afin de nous délivrer de la culpabilité qui nous enferme. Mais cela suppose aussi, de la part de celui qui veut sortir de cette culpabilité, de poser les actes de réparation. Dans cet esprit-là la confession n'est alors pas du tout un acte passif.

Le confesseur peut dire : « Tu as commis un crime, et il ne faut pas l'oublier. Il faut en subir les conséquences, les assumer. Mais tu n'es pas *que* criminel ! Tu as menti, mais tu n'es pas *que* menteur ; tu m'as trompé mais tu peux aussi m'être fidèle... »

On n'enferme pas l'autre dans les conséquences de ses actes.

Le thème de la confession est un thème si beau qu'il

est vraiment dommage d'en faire des « confessionnaux » avec des histoires de petites culpabilités, de « touche-pipi », qui empoisonnent la vie des enfants et des adultes !

Voilà pourquoi je ne dirais jamais à mon fils d'aller se confesser... En revanche, je lui dirais d'être conscient de ce qu'il fait, car s'il est réellement conscient de ce qu'il fait il saura qu'à certains moments cela peut ne pas être juste. Toutefois, même si ce qu'il a fait n'est pas juste, il n'en sera pas pour autant *seulement* un voyou. Mais à condition d'avoir le courage de le reconnaître.

La grandeur est de savoir reconnaître ses fautes. C'est une grande noblesse. Les salauds ne savent pas qu'ils le sont, car ils ne se reconnaissent pas comme tels !

Je dirais à mon fils : « Tu es comme moi... Tu peux donc faire de sales trucs... Mais si tu es lucide, si tu es conscient, tu sauras le reconnaître, et tu sauras également le confesser. Le confesser, comme tu peux confesser ton amour de Dieu, ou ton amour d'un être, d'une femme, d'un ami... Quand tu peux dire ce que tu as dans le cœur, tu peux non seulement dire ce qu'il y a de lumière en toi, mais aussi ce qu'il y a de ténèbres.

Mais en le disant, sache toujours que tu n'es pas que cette ténèbre, comme tu n'es pas que cette lumière. Et ce jour-là, je te souhaite de rencontrer quelqu'un qui te rappelle ce que le Christ a vécu, ce qu'Il a dit, ce qui est écrit dans l'Évangile : « *Si ton cœur te condamne, Dieu est plus grand que ton cœur* ».

En tout cas moi, c'est la parole que j'aimerais entendre au moment de ma mort... C'est le moment où les gens ont véritablement besoin de se confesser.

Même ceux qui ne l'ont jamais fait ?

Oui, car à cet instant nous avons besoin de ne plus mentir.

La peur en est-elle la raison ?

Non, pas du tout. Mais dès lors que nous nous approchons de la Vérité, nous en avons assez de mentir. Je repense à un pasteur, qui au moment de mourir me dit qu'il ne croyait pas en Dieu, qu'il n'avait jamais cru en Dieu ! Et à l'instant même où il disait cela, il retrouva la foi.

C'est le moment de la vérité. À l'approche de notre mort, nous n'avons plus besoin de mentir. Je me souviens également d'un homme que nous prenions tous pour un abîme de vertus, et qui, avant de mourir me dit : « Il faut que je te dise quelque chose. Je ne suis pas la personne bien que l'on pense... J'ai fait un sale coup à ma femme ; j'ai détourné de l'argent, etc. » Puis, à la minute où il disait cela quelque chose dans son corps s'est détendu, et il a pu mourir en paix. Voilà ce que j'appelle l'état d'aveu : c'est l'état de *oui*.

Seulement, comme nous le disions précédemment, il ne faut montrer sa faiblesse qu'à quelqu'un qui n'en profitera pas pour affirmer sa force. On ne peut montrer son péché, sa ténèbre, sa lâcheté, son mensonge, son vice, que devant quelqu'un qui n'en profitera pas pour vous y enfoncer davantage. Il ne faut pas montrer cela devant un juge...! Il ne faut montrer cela que devant la croix, devant quelqu'un qui a un regard d'enfant et qui nous aime tels que nous sommes. Non pas pour nous dire que ce que nous sommes est bien... Jésus n'a jamais dit à la femme adultère que ce qu'elle faisait était bien. Il lui a dit « VA »...

Sans pour autant légitimer un acte injuste, cette attitude consiste-t-elle à rappeler à l'homme que même à travers l'acte injuste, il est toujours capable de faire quelque chose de bien ?

Voilà. Il est capable de ne pas s'enfermer dans les conséquences néfastes de ses actes. Il y a en lui cette possibilité de ne pas s'identifier à son karma, à l'enchaînement des causes et des effets.

En fait, nous ne devons nous identifier ni à notre côté ange, ni à notre côté bête, puisque nous sommes les deux ?

Tout à fait ! Alors finalement, qu'est-ce réellement que la confession ? C'est se dire la vérité à soi-même... en présence d'un autre.

Mais pourquoi justement « en présence d'un autre » ?!

Parce que cet autre tient le rôle du Soi. Ainsi, le Moi parle au Soi. Voilà pourquoi le prêtre, lui, n'est pas concerné. D'ailleurs, il lui est demandé d'oublier, de ne pas entendre ce qu'il entend !

Il est juste là pour être le témoin du Soi. Le prêtre est alors quelqu'un capable de tout entendre comme l'Être Lui-même.

Cela dit, ceux qui n'ont pas besoin de médiums, de

médiateurs, peuvent très bien se confesser directement à Dieu. Il n'y a aucune nécessité absolue de médiateurs, comme il n'y a aucune nécessité que Dieu s'incarne... Cependant, il plaît à Dieu de passer par l'homme pour sauver l'homme. De même qu'il plaît à Dieu, quand Il aime une femme, de passer par un homme... Et cet homme sera alors le sacrement de l'amour, il sera le corps de Dieu.

C'est pourquoi, de la même façon, cet homme sera le pardon de Dieu, la parole de Dieu qui, dans des oreilles humaines, est là pour aider à comprendre ce qui est au-delà de toute oreille, au-delà de toutes paroles.

Également, plaît-il à Dieu, lorsqu'Il aime un homme, de passer par une femme ?

Oui bien sûr ! La preuve en est que pour s'incarner Il est passé par une femme. Il est passé par Marie. Si Marie ne Lui avait pas donné son sang, ses entrailles...

Mais dans la religion catholique, Marie n'est-elle pas un peu la seule femme a être considérée comme pure ?

Sans doute... Mais cela n'a rien de catholique ! C'est catholique névrosé, mais pas catholique chrétien !! Dire ou penser cela relève d'un catholicisme névrosé, mais ce n'est pas la pensée de Dieu. Pour Dieu, c'est l'amour qui purifie tout.

En fait, le seul péché serait tout simplement de ne pas aimer ?

Bien sûr... Le seul péché c'est de ne pas être. Mais bien plus que le seul péché, moi je dirais que c'est la seule souffrance. J'aime Bernanos quand, à la phrase de Sartre : « *L'enfer, c'est les autres* », il répondit : « *L'enfer, c'est de ne pas aimer.* »

Effectivement, si nous n'aimons pas les autres, c'est infernal ! Dieu, Lui-même est infernal si nous L'aimons pas !

Si nous ne L'aimons pas, Dieu est le Diable...

La grande souffrance est de ne pas aimer. C'est pour cela qu'il est criminel de la part des chrétiens d'ajouter de la culpabilité à une souffrance. Lorsque quelqu'un vient se confesser et dit « Je n'aime pas... », il ne faut pas l'enfoncer dans cette négation, mais plutôt lui répondre : « Aujourd'hui tu n'aimes pas, mais un jour tu aimeras... ».

Nous ne savons pas aimer. Nous aimons mal. Nous aimons soit comme une bête, soit comme un ange (ce qui est autant une faute, car nous n'aimons toujours pas comme un homme...), mais il viendra un jour où nous aimerons.

Se confesser c'est aussi venir devant le Christ et lui dire « Eh bien, aujourd'hui je ne t'aime pas ! Ça ne va pas... Je n'y crois plus... Au secours ! Envoie-moi Ton Esprit, envoie-moi Ton Souffle... ».

N'est-ce pas encore un paradoxe ? Comment peut-on ne plus croire en Dieu, et Lui demander Son aide, Son Esprit ?

Eh... oui, encore un paradoxe ! *Je ne crois pas en Dieu... Dieu merci !*

XII

Le Mystère du Bonheur

Dans une lettre à son amie Olympias, Jean Chrysostome écrit : « Ce n'est pas dans la nature des choses, mais dans la pensée des hommes que réside le bonheur. » *Doit-on comprendre que le bonheur n'existant pas en lui-même, il demeure un produit de la pensée humaine ? Produit imaginaire et par conséquent inaccessible, irréalisable ?*

Il conviendrait d'abord de situer le bonheur par rapport au plaisir, par rapport à la joie et par rapport à la béatitude.

La réflexion de Jean Chrysostome est juste car elle place bien le bonheur au niveau du psychisme.

Le plaisir est une participation du corps à la béatitude.

Le bonheur est une participation psychique à la béatitude.

La joie est une participation noétique à la béatitude.

La béatitude, elle, est la conscience d'être qui s'appréhende elle-même.

Jean Chrysostome dit bien que le bonheur n'est pas dans les choses, mais dans notre façon de les appréhender. Et c'est en cela qu'il situe très bien le bonheur au niveau psychique. Nous connaissons tous des personnes qui n'ont rien dans le monde des objets pour être heureux, et qui pourtant témoignent d'une certaine allégresse.

La question devient alors : comment être heureux lorsqu'il n'y a aucun objet qui provoque le plaisir ?

Nous pouvons être heureux sans avoir de plaisir, comme nous pouvons avoir du plaisir sans être heureux... Le monde du plaisir appartient bien au monde des corps, et le monde du bonheur, non pas au monde des esprits, mais au monde l'affect, de l'émotion, du sentiment. C'est pour cela que le bonheur est un état fragile. En revanche, la joie étant noétique, pour la vivre il suffit simplement de savoir que l'être est ce qu'il est.

Nous pouvons être dans la joie en manquant de plaisir, sans être heureux, car nous avons malgré tout cette vision de ce qui est, et nous nous en réjouissons.

Toutefois, cette vision hiérarchisée de ce qu'on peut appeler des « niveaux de bonheur » présente un certain danger : celui de mépriser le plaisir, le bonheur affectif ou relationnel, et également celui de relativiser la joie puisqu'elle est dépendante de la contemplation, d'un état d'éveil du *Noûs*, de l'intelligence intuitive de l'être humain dans sa relation avec ce qui est.

Il faut donc insister sur le fait que le plaisir est une participation corporelle à la béatitude.

Maintenant, la seconde question est : comment introduire de la béatitude dans notre psychisme ? Comment faire du bonheur, non pas un bonheur dépendant des circonstances (de ce qui nous arrive, de ce qui nous plaît), mais un état de conscience qui demeure, quels que soient les événements ?

C'est ce qe j'appellerais le « bonheur non-dépendant ». Psychiquement, je ne suis pas sûr que ce soit possible, car le psychisme est toujours dans cette interaction avec ce qui nous entoure (le temps qu'il fait, notre santé, les gens que nous rencontrons). Je ne suis donc pas certain que l'on puisse demeurer heureux psychiquement, puisque notre psychisme est fait de ces alternances, de ces impermanences.

Pourtant, lorsque par le *Noûs*, par la contemplation, nous nous établissons dans la vision, dans l'appréhension, ou dans l'intuition du réel, je crois qu'il est alors possible d'être heureux en toutes circonstances.

Peut-être, là, peut-on parler de joie...

Mais ce sont malheureusement des mots dont on ne connaît plus très bien ni la signification, ni à quels états de conscience ils correspondent. Néanmoins, l'être humain a, là, la possibilité de connaître le bonheur, et certains en témoignent puisqu'au cœur de circonstances malheureuses, ils sont heureux !

Le bonheur n'est donc pas dans les choses, les objets ou les relations, mais dans l'adhésion du cœur et de l'intelligence à l'Être qui nous informe, et informe des réalités pas toujours plaisantes, ne procurant ni plaisir ni bonheur psychique et qui pourtant, sont (et ont le droit d'être) ce qu'elles sont.

Jean Chrysostome se situe dans cette perspective, et avec son nom me revient aussi ce que me disait un patriarche copte, le pape Shénouda : « *Mettez de la poussière dans un verre d'eau, l'eau est troublée. Mettez cette même poussière dans l'océan, l'océan n'est pas troublé.* » L'océan, le verre d'eau, sont les images de notre propre cœur. Alors comment avoir le cœur tel un océan, pour être capable d'accueillir les poussières du monde sans en être troublé ? La plupart du temps notre bonheur ne se passe-t-il pas dans un verre d'eau ? Comment élargir en nous cette capacité de bonheur ? Y aurait-il, par exemple dans les traditions, quelques indications à ce niveau-là ?

Je pense à cette tradition stoïcienne dans laquelle il est demandé à Dieu de nous délivrer des maux physiques ; les autres maux... nous nous en chargeons ! Chez les stoïciens, comme chez Jean Chrysostome, le bonheur est donc bien une capacité de l'esprit, un certain regard sur les choses quelles qu'elles soient. Mais plus profondément, je crois que le bonheur est cet acquiescement à l'Être, dans cet abandon à ce qui est, et surtout dans cette confiance. Là, le bonheur devient une manifestation de la foi et de la confiance fondamentale.

À ce propos, il serait intéressant de voir ce que nous dit le Sermon sur la Montagne, justement nommé *Les Béatitudes*.

Pour un Hébreu, le malheur c'est d'être arrêté. C'est d'être identifié à ses symptômes, à sa souffrance. La parole du Christ dans *Les Béatitudes* pourrait être interprétée dans ce sens, où Il nous invite à nous mettre en marche.

En marche à travers nos larmes, à travers nos soifs, nos faims de justice. En marche à travers les deuils que nous avons à faire.

Le bonheur auquel Il nous invite est un bonheur qui est dans la marche. Il est dans la non-complaisance, dans le non-arrêt à un état particulier. Car si nous nous arrêtons à une forme de bonheur, cette forme de bonheur deviendra souffrance au moment même où elle nous manquera.

L'essence du bonheur à laquelle nous serions invités dans ces *Béatitudes* se trouve au cœur de l'impermanence des plaisirs changeants, puisque dépendants du monde des états d'âme, des sentiments, des projections, des mémoires projetées sur les événements.

Nous sommes invités à retrouver ce mouvement, car le bonheur serait dans ce mouvement, dans cette adhésion à l'impermanence. Puis, au cœur de l'impermanence, saisir l'essence même du mouvement, qui est la vie. Cette vie, qui est changeante...

Nous ne sommes peut-être pas loin du bonheur des stoïciens, mais il y a là quelque chose de plus grand : il s'agit d'aimer ce qui nous arrive, de passer d'une vie subie à une vie choisie.

Dans ce choix qui nous arrive, ce choix de ce que nous n'avons pas choisi, il y a une puissance de transformation. La phrase de Woody Allen que nous avons déjà évoquée « *La vie est une maladie mortelle sexuellement transmissible* », est aussi une parole du Qoélet (l'Écclésiaste), une parole de tout rabbin lucide, du petit-fils de rabbin qu'est justement Woody Allen. Mais à ces mots, nous pourrions ajouter que la vie n'est pas seulement une maladie mortelle, mais aussi un exercice évolutif, pour apprendre comment faire de cette vie non plus une épreuve mais une occasion. Il s'agit d'apprendre à avoir le sens de l'occasion.

Une maladie, une souffrance, peuvent être une occasion de bonheur. Pas de n'importe quel bonheur, mais un bonheur de conscience, un bonheur de compréhension.

Voilà qui nous rapproche justement de la joie, car finalement nous n'avons pas le bonheur que l'on mérite, mais le bonheur que l'on désire. Seulement, si le bonheur que nous désirons se situe au niveau des corps, n'appelons pas cela bonheur, mais plutôt quête du plaisir.

Le bonheur dont nous parlons ici, sort du psychisme. C'est un bonheur noétique, ontologique. Le bonheur d'une conscience qui, de tout ce qui lui arrive, fait une occasion de grandir, une occasion d'évoluer.

Si cette maladie mortelle qu'est notre vie, est *sexuellement* transmissible, cet exercice évolutif, cette occasion d'être heureux malgré tout et avec tout, est *spirituellement* transmissible, ou encore amoureusement, amicalement transmissible. C'est-à-dire pouvant être transmise à travers l'éducation. Apprendre à son enfant à être heureux avec les malheurs qui lui arrivent.

Voilà bien un paradoxe... Et pourtant, c'est évident !

Evidence que décrit Jean Chrysostome quand il dit que dans une même situation certaines personnes peuvent se rendre malheureuses, s'y enfermer, s'y détruire, quand d'autres en font une occasion, un excercice. C'est toujours une épreuve, mais le mouvement, l'évolution qu'à induit cette épreuve est vraiment une source de grand bonheur. L'histoire de Zorba le Grec en est l'illustration... Au moment où l'œuvre de sa vie (cette mine dans laquelle il a engagé tout son cœur, tout son argent) s'écroule, alors qu'il pourrait être foudroyé par ce qui lui arrive, il se met à danser ! Puis, il a cette parole magnifique : « *Quelle merveilleuse catastrophe* ».

Bien sûr, il ne faudrait jamais dire cela à la place de la personne concernée, cette phrase n'ayant véritablement de sens que si nous la vivons nous-mêmes. Mais là est la victoire du bonheur, la victoire de la danse sur la chute. Au cœur même de la chute, quelque chose en nous se rélève... et danse !

Vous sentez bien que ce bonheur n'a plus rien de

psychique. Ce bonheur-là naît de ce qui, en nous, fait danser les atomes, fait danser les mondes. C'est bien dans ce moment tragique que Zorba touche en lui un amour invincible, un bonheur invincible, et cette absurdité devient alors pour lui l'occasion d'une révélation. La révélation, qu'effectivement, la mort n'aura pas le dernier mot, pas plus que la bêtise, la violence ou l'absurde. L'amour est plus fort que la mort, plus fort que toutes les absurdités.

À certains moments, il nous est donc offert de danser sur les décombres, de danser dans le cloaque. Et même si nos ailes sont embarrassées, l'envol, le vol est là. Ce vol qui nous conduit du plaisir des corps au bonheur du psychisme vers la joie de l'intelligence qui voit, et à l'envol : révélation de la béatitude qui est nous.

Cette même béatitude qu'évoque la musique de Bach « *Que ma joie demeure* ». C'est également la promesse faite par le Christ à ses disciples : « *Je vous donne ma paix, mais non pas comme le monde la donne.* » C'est-à-dire, je vous donne ma joie, cette joie qui ne dépend pas des circonstances. Cette joie est la joie qui demeure, la joie de savoir que l'autre est l'autre, et que le Tout-Autre, rien ni personne ne peut nous l'enlever. Il est ce qu'Il est, et nous sommes ce que nous sommes.

Lui en nous, et nous en Lui...

Très peu d'êtres cherchent vraiment la joie, encore moins la béatitude. En revanche, nombreux sont ceux en quête du bonheur. Seulement, le sens de cette recherche demeure confuse. La notion de bonheur est parfois tellement imprécise, incompréhensible, que l'on peut avoir l'impression d'avancer dans une quête absurde : celle d'un état qui n'existerait pas !

Vos propos sur le bonheur (qui doit être sans dépendances) me rappelle cette parole d'Angélus Silésius : « La rose fleurit sans pourquoi ».

Comment l'homme, qui ne prétend ni à la joie ni à la béatitude, mais à un simple bonheur, peut-il comprendre ces mots ? Existe-t-il une définition simple et juste du bonheur ?

De la même manière qu'à force de chercher la paix, on perd tout repos ; à force de chercher le bonheur nous ne sommes jamais heureux !

Il est clair que bien souvent la « recherche » du bonheur est justement ce qui nous empêche d'être heureux car nous cherchons le bonheur sous une forme trop précise : le bonheur doit être ceci ou cela, le bonheur c'est d'être avec toi ; le bonheur, c'est d'être riche... etc.

Le bonheur est identifié aux images que nous avons de lui, ses effets, ses objets. Comme nous l'avons déjà dit, nous identifions le sujet désirant avec les objets du désir... Tout est mélangé !

Une parole de l'Évangile dit « *Cherchez d'abord le Royaume, et le reste vous est donné par surcroît.* » Le bonheur est justement ce qui nous est donné par surcroît ! Raison pour laquelle si nous le cherchons en premier, nous ne le trouvons jamais, puisque c'est un épiphénomène !

Voilà pourquoi finalement, le bonheur en lui-même n'est pas intéressant...

Pouvons-nous retrouver le sens profond du mot « bonheur » ?

C'est un beau mot... C'est la « bonne heure ». Dire, je cherche le bonheur, c'est projeter au-dehors une certaine émotion, une certaine réalité, une certaine relation. Nous sommes alors dans la projection.

Le bonheur est une conséquence et non un but ! Il est un effet, et non une cause, dans la mesure où il est psychique. Il s'agit donc, avant tout, de chercher l'Être, le Centre, le Principe... de chercher l'Océan. À ce moment-là, dans cette capacité d'Être retrouvé, dans cet acquiescement à l'Être retrouvé, le bonheur nous est donné par surcroît.

L'étymologie du mot bonheur est très significative. Comme je l'ai précisé, c'est la « bonne heure ». Il s'agit d'être à la bonne heure, d'être là quand on est là !

Le malheur est justement de ne pas être là... quand on est là ! Il y a deux façons de vivre le temps : le présent, et l'absent.

Il faudrait redonner à ce bonheur sa dimension féminine (la bonne heure) qui est une façon d'épouser l'instant. C'est tout le sens du *Kaïros*. De même que dans le monde de l'espace vous avez le *Chaos*, qui peut devenir *Cosmos* s'il est informé par le *Logos* ; dans le monde du temps, nous pourrions dire qu'il y a le *Chronos* (le temps qui dévore) et que si nous laissons ce temps, cette heure que nous vivons, être informé par le *Logos*, le *Chronos* devient alors un *Kaïros*, c'est-à-dire l'instant favorable, l'occasion favorable. De cette manière, la mauvaise heure, l'heure perdue, le temps perdu, devient la « bonne heure ».

Le bonheur, c'est retrouver en nous la capacité d'aimer, car tout ce que nous faisons sans amour est du temps perdu, de la mauvaise heure, du malheur... Alors que tout ce que nous faisons avec amour est de l'éternité retrouvée, la bonne heure retrouvée, et le bonheur nous est donné par surcroît.

Le bonheur est comme un fruit de l'amour, mais il n'en est pas la sève. La sève, nous nous en approchons dans ce « sans pourquoi » que vous évoquez. Peut-être, dès l'école, devrions-nous apprendre à être heureux pour rien ! À nous asseoir, chaque jour, cinq minutes, et nous offrir cinq minutes de bonheur *pour rien* ! Ce serait introduire de l'éternité dans le temps, de la bonne heure dans le temps. Ce serait introduire de l'amour dans cet espace-temps, du sans-pourquoi, de la gratuité. Or, nous, nous voulons certes être heureux, mais il nous faut une raison de l'être !

Ne pensez-vous pas que dans notre société, quelqu'un disant qu'il est heureux « pour rien », serait pris pour un fou ? Au mieux, on le dira saoul, drogué, mais dans tous les cas une raison sera recherchée, exigée !

Oui, c'est sûr... Il faut toujours une cause ! Nous vivons dans le monde de la causalité, de la loi de la cause et de l'effet...

Vivre quelques instants de bonheur, sans pourquoi, c'est vraiment entrer dans le monde du non espace-temps, dans le monde de l'éternité. Ainsi, comme l'a dit Jésus : « *Mon Royaume n'est pas de ce monde...* » Ce qui règne dans le monde est le pourquoi, le parce que... Alors que là, nous entrons dans le monde du sans pourquoi, qui n'est pas de ce monde. Nous entrons dans le monde de la gratuité. Je suis heureux sans cause, pour rien...

Dans un de vos ouvrages, vous dites qu'il faut « être heureux qu'il y ait quelque chose plutôt que rien ».

Est-ce cela, le bonheur sans cause ?

Là, nous serions plutôt dans ce que nous appellions la joie, qui n'est pas sans lien avec l'étonnement. Oui, nous pouvons être heureux qu'il y ait quelque chose plutôt que rien, agréable ou désagréable, nous sommes là au niveau ontologique. Mais il y a encore un état au-dessus...

Ce bonheur-là serait sans pourquoi, mais pas sans cause ?

Oui, et là, la cause c'est l'Être Lui-même. Il s'agit bien de joie, puisque la joie est un bonheur donné à l'intelligence lorsqu'elle voit l'Être dans les êtres. Que ceux-ci soient agréables ou désagréables... puisqu'il s'agit de joie ontologique.

Mais la béatitude est encore au-delà...

De manière générale, ne définit-on pas la joie comme une sorte d'exultation passagère, quand le bonheur lui, serait un état plus permanent ?

C'est juste, mais il s'agit d'une mauvaise anthropologie, et ce, parce que la joie est retombée au niveau de l'émotion. Nous confondons joie et bonheur. De toute façon, pour l'homme d'aujourd'hui, plaisir, bonheur, joie et béatitude sont complètement mélangés !

Quand je cherche à distinguer ces mots, j'essaie de mettre en lumière les différents lieux en l'homme qui appréhendent le réel. Quand l'homme appréhende le réel avec son corps, il y aura plaisir ou déplaisir. Lorsqu'il appréhende le réel avec son psychisme, il peut avoir du bonheur ou du malheur. Et dès qu'il l'appréhende avec son esprit, il peut être dans cette joie de l'intuition du réel, ou dans cette tristesse, dans cette nostalgie.

Alors que la béatitude, elle, est l'appréhension pneumatique du réel. L'adhésion à l'Être tel qu'Il est, Cause de tout ce qui existe, mais aussi l'adhésion à l'Être au-delà de la cause... Au-delà de ce que l'on peut en dire, au-delà de ce que l'on peut en penser.

La béatitude est de l'ordre de la vacuité.

Ainsi, quand nous nous approchons de la béatitude, le retentissement psychologique de cette expérience est ce qu'on appelle le bonheur non-causé, non-causal : le sans pourquoi évoqué par Silésius. Mais là, c'est bien un fruit de l'expérience mystique.

Vous venez de décliner différents états et leurs contraires (plaisir-déplaisir, bonheur-malheur, joie-tristesse). La béatitude n'aurait-elle pas de contraire ?

La béatitude a justement la singularité d'être sans contraire. Elle intègre les contraires. Pour un être dans la béatitude, plaisir-déplaisir, bonheur-malheur, joie-tristesse, sont pour lui des occasions de conscience. Nous sommes sur un autre plan. Ce plan auquel était arrivée la Bien Aimée dans le *Cantique des cantiques*, lorsqu'elle était capable de dire : « *Viens Borée, viens Simoun... Souffle sur ton jardin.* »

Vous savez que la Borée est un vent froid, glacé ; et le Simoun, un vent brûlant qui dessèche, qui tue. Ces deux vents sont deux vents contraires, mais peu lui importe ! Pour la Bien Aimée l'essentiel est que l'autre soit, que l'Être soit... Et qu'Il souffle, respire, sur Son jardin.

C'est l'expérience spirituelle vraie. Que nous en ayons conscience ou non, du moment qu'il y a ce *Pneuma*, ce Souffle de la vie, alors qu'importe ! Qu'importe plaisir-déplaisir, bonheur-malheur, joie-tristesse, puisque ma béatitude contient, aime ces contraires.

Elle les aime comme des manifestations colorées, diverses, de l'Être.

XIII

Homme... Où es-tu ?

Une question singulière, d'une force inouïe, nous est posée à tous depuis le commencement des temps. Le texte de la Genèse nous la rapporte ainsi : « Dans le jardin, au souffle du jour, le Seigneur Dieu appela l'homme et lui dit : Où es-tu ? »

Acceptez-vous d'y répondre ?

D'abord, nous pouvons remarquer que dans la Bible, Dieu pose des questions, Il ne donne pas de réponses. Dieu est la question à nos réponses, et non la réponse à nos questions.

Mais Il pose de bonnes questions. Il aurait pu demander à Adam « Qui es-tu ? », ce qui conduirait l'homme à s'interroger sans cesse sur son identité. Mais la question de YHWH, l'Être qui parle dans le souffle du jour, dans le souffle de l'instant qui anime tout homme, est « Où es-tu ? » pour que notre question à nous devienne « Où suis-je ? ».

C'est aussi la question que posaient les disciples à Jésus : « Rabbi, où demeures-tu, où es-tu ? » Et Jésus répondait : « *Venez... et voyez.* » En fait, il ne répondait pas vraiment... Ou, plus exactement, il répondait en invitant à la marche.

C'est en marchant que la réponse se découvre. Dieu dira aussi à Abraham : « *Marche en Ma présence et devient parfait.* » C'est-à-dire, tu verras bien qui je suis en marchant avec moi... C'est peut-être pour cela que la réponse de l'homme attendu par Dieu est : « Je suis avec Toi, où que Tu sois, qui que Tu sois, l'important est d'être avec. »

Un chrétien, ce n'est pas quelqu'un qui « a » la vérité, quelqu'un de plus intelligent, de plus aimant que les autres. Le chrétien n'est pas meilleur qu'un autre homme, mais il a *quelqu'un* dans sa vie. Il a le Christ, il a Celui qui souffle dans le souffle de chacun de ses jours. Mais même s'il le reçoit comme un baiser, comme une présence, ce n'est pas pour cela qu'il est meilleur... Il peut être meilleur seulement parce que *quelqu'un* de meilleur marche avec lui, est en lui !

Adam, où es-tu ?

Le glaiseux, la poussière... la matière, où est-elle ?

C'est également une bonne question pour un physicien, parce qu'il répondra justement que la matière n'est pas là ! Ça fait partie de ces évidences paradoxales. La matière n'existe pas.

Plus on l'observe, plus elle nous échappe. Nous découvrons que la matière n'est pas solide, c'est de l'énergie.

Mais l'énergie, qu'est-ce que c'est ?

Où est l'énergie ? L'énergie est dans la pensée, dans une vaste pensée un peu floue, nous disent certains...

Et la pensée, où est-elle ? D'où vient-elle ? Voilà... nous nous approchons alors d'un abîme !

Se poser la question « Où suis-je ? », c'est se découvrir posé sur un abîme ! Étant soi-même cet abîme... Pourtant, cet abîme peut devenir accueil, présence au présent, dans Son souffle de chaque jour qui est là comme notre pain quotidien, notre nourriture sans laquelle nous ne pouvons pas tenir debout.

Les disciples ont donc marché avec JE SUIS.

Savoir où l'on est, c'est s'approcher de ce JE SUIS qui est, du Sujet que nous sommes. Un sujet désencombré de ses objets, de ses images, de ses mémoires auxquelles il s'identifie.

« *JE SUIS* » c'est la réponse de Dieu à Moïse, quand Moïse lui demande « Où es-tu ? Quel est ton nom ? Qui es-tu ? ». Et là, dans le Buisson, dans le buisson d'humanité épineuse qu'il était lui-même, la Flamme du présent lui répond : « *JE SUIS.* »

Ce JE SUIS, de nouveau, est un mouvement. À propos de l'homme qui est né de l'Esprit, Grégoire de Nysse disait : « *Le signe certain que nous sommes vraiment dans la bonne direction, c'est que nous ne savons pas où nous allons.* »

Psychologiquement, cette affirmation n'a pas de sens, car psychologiquement, psychiquement, il est important de savoir d'où nous venons et où nous allons ! Savoir que l'on vient d'un trou et que nous retournons dans un autre trou, ça c'est une évidence ! Ne pas savoir où l'on va, mais cette fois dans un sens spirituel, c'est dans ce sens-là que nous parle Grégoire de Nysse. Il ne fait que commenter la parole de Ieschoua à Nicodème : « *Tout homme qui est né de l'Esprit, on ne sait ni d'où il vient, ni où il va.* » C'est comme le vent : on entend le bruissement dans les arbres, dans les feuilles, mais lui-même on ne le voit pas. On ne sait ni d'où il vient, ni où il va... Et pourtant, il est là !

Il y a des balbutiements, des frémissements qui attestent la Présence.

Où es-tu ?

L'esprit en nous peut répondre : « Je ne sais pas », ou alors « Je suis dans le souffle du jour ». Je suis dans le vent qui me porte, qui m'emporte. Pourtant, je ne suis pas la feuille morte, passive, emportée. Je suis un être vivant qui adhère à ce Souffle ; qui embrasse ce Souffle et se laisse embrasser par Lui. Je suis un être qui passe.

Où es-tu ?

Là, nous rejoignons une des réponses possibles à la question, et dont nous trouvons l'écho dans l'évangile de Thomas : « *Je suis passant.* » Je suis de passage, je ne fais qu'un avec Celui qui passe en moi. Sans savoir où Il me conduit, où Il m'emporte.

Mais peu importe, puisque le but n'est pas un lieu... Je ne viens pas de quelque part, pour aller quelque part. Je viens de *quelqu'un* et je vais vers *quelqu'un.*

Être, c'est être avec ; c'est être avec Lui.

C'est dans ce sens-là que Jésus disait : « *Je viens du Père et je retourne au Père.* » Tout homme qui est né de l'Esprit, on ne sait ni d'où il vient ni où il va, parce qu'il ne s'agit pas de lieux, il ne s'agit pas de parcours horizontal, il s'agit de Présence à entretenir, de Souffle à respirer.

Je viens de l'Abîme, du Sans Nom, de ce Silence d'où vient l'inspir et où retourne l'expir.

Et... où vais-je ?

Je vais là d'où je viens. Là d'où vient l'inspir, là où va l'expir. Je vais à ce Silence entre l'inspir et l'expir...

Ce ne sont pas seulement des mots, c'est une expérience. C'est l'expérience de celui qui écoute d'où vient le Souffle du jour et où retourne le Souffle du jour.

Je comprends cette parole du grand sage Ramana Maharshi à qui on demandait : « Après la mort, où irez-vous ? » Alors que nous nous attendions à quelques détails sur la vie après la mort, sur les vies antérieures ou postérieures, il répondit avec son beau sourire, avec son regard d'enfant éternel : « *Je vais là où j'ai toujours été...* »

C'est cela... Nous venons, nous allons, là où nous avons toujours été...

Où sommes-nous ?

Sommes-nous à la source même du Souffle, à la source même de la conscience, de la pensée, à la source même de l'Amour ? Se tenir à la source, c'est être là, dans l'instant qui nous fait naître et qui nous fait mourir ; dans l'instant qui contient la naissance et la mort.

Ainsi, une ultime fois : « *Où es-tu ?* »

Je suis avec Toi.

Je suis dans le Souffle que Tu me donnes.

J'écoute d'où me vient le Souffle
et où retourne le Souffle.

Là, de toute éternité... Je suis.

XIV

Le Fond de l'être est Flou

Lorsque vous affirmez que « le fond de chaque être est flou », vous touchez une notion fondamentale susceptible de nous aider à mieux comprendre les actions et les réactions de l'être humain. Néanmoins, cette notion est d'une part assez difficile à comprendre, mais surtout très déstabilisante. Nous n'aimons pas le flou, l'homme a peur du flou... Pourquoi ?

L'homme a horreur du flou, parce qu'il a horreur de ce qu'il ne peut pas saisir, de ce qu'il ne peut pas avoir, de ce qu'il ne peut pas prendre. Quand on dit que le fond de l'être est flou, il faut tout d'abord se souvenir que c'est une parole de scientifique, qui ne veut plus être un scientiste. Le propre du scientiste étant de définir la matière, ou plutôt de définir ce qu'il saisit de la matière, comme le réel de la matière.

Pourtant, le flou, c'est le réel. Et l'homme a horreur de la réalité. Il préfère ses idées sur la réalité, ses émotions face à cette réalité, mais le réel lui-même, dans ce qui toujours lui échappe, est pour lui une expérience insupportable.

C'est dans ce sens-là, au niveau de l'expérience quotidienne, que nous pouvons dire que « le fond de l'être est flou ». C'est-à-dire qu'il nous échappe, que nous ne pouvons pas le saisir, nous ne pouvons pas le définir, le codifier, l'enfermer.

Alors, prenons les choses par le commencement. Quand un physicien observe la matière il sait, depuis les récentes découvertes de la physique quantique, que cette matière est à la fois ondes et particules. À la fois, elle est donc présente, on peut la saisir, la toucher, c'est sa dimension particule mesurable, analysable ; et en même temps elle est onde, donc non localisable. Ainsi, dans un même moment, je peux dire : je suis et je ne suis pas ! J'existe et je n'existe pas ! Je suis là et je ne suis pas là ! Ça, ce n'est pas de la poésie, ce n'est pas de la métaphysique, c'est de la physique !

Le fond de l'être est réellement flou ; la matière est floue, parce qu'elle est à la fois ondes et particules. Et c'est cela qui est intéressant : cette dimension fluide du réel, cette dimension non-solide du réel.

Mais d'un point de vue métaphysique, il est vrai que nous restons dans une pensée du « ou bien... ou bien ». Ou bien c'est noir, ou bien c'est blanc. Ou bien ça existe, ou bien ça n'existe pas. Ou bien cela est réel, ou bien cela est irréel... Or, la matière elle-même nous dit que nous ne sommes plus dans une logique du « ou bien, ou bien », mais dans une logique *alogique* du « et... et » : ondes ET particules, matière ET esprit.

Quand je dis « Matière ET Esprit », je touche justement un des secrets de l'être humain, de son ambiguïté, de sa difficulté à vivre avec lui-même. Parce que sans cesse on voudrait qu'il ne soit que matière. On explique tout par la matière... Par le jeu des phosphènes dans son cerveau, le jeu de ses particules, de ses atomes. On affirme que l'homme est une matière, un agrégat de matières et rien de plus, un composé qui va de décomposer. Or, l'homme est matière *et* esprit !

À l'inverse, certains diront que l'homme n'est qu'esprit... et que la matière n'est qu'un dégradé de la lumière, sa vitesse la plus lente.

Seulement, ce qui est inconcevable, impensable, insupportable, c'est que l'homme soit les deux ! C'est ce qu'on appellera l'ambiguïté humaine, ce flou de l'identité humaine : nous ne sommes ni des anges, ni des bêtes. On voudrait être l'un ou l'autre, mais être les deux, c'est cela le propre de l'homme. C'est cela sa difficulté à vivre, son ambiguïté à vivre : ce flou qu'il est !

Dès lors, puisque la matière est floue, l'homme est flou dans sa constitution, dans son anthropologie, dans ce composé matière-esprit qu'il est. Ceci est également évident dans le domaine des idées. Un jour l'homme pense blanc, le lendemain il pense noir avec la même sincérité. Avec la même tendance à l'affirmation, à la définition, à la promulgation, à la dogmatisation de ce qu'il perçoit comme étant le réel. Mais la réalité, justement, va remettre en questions ses idées sur le réel. Et c'est là que nous verrons si cet homme ou cette femme est un être honnête. C'est-à-dire s'il accepte de perdre ses idées solides, franches, claires, nettes, sur la réalité pour céder à ce qu'il ne peut pas percevoir, à ce qu'il ne peut pas saisir dans son entièreté.

Cette attitude, cette acceptation pourra alors lui permettre de relativiser ses absolus. Absolus idolâtriques, où sa définition du réel prend la place de la vie. Ce qui est absolument réel, c'est le flou ! Ce qui n'est pas complètement, entièrement, accessible, percevable.

Dès lors, l'idéologue aura-t-il l'honnêteté de reconnaître que ce qu'il sait, n'est pas tout ? C'est la vérité, mais non pas toute... C'est une perception du réel, mais ce n'est pas le réel... Car le fond de l'être est flou, le fond du réel lui échappe ! Aura-t-il cette honnêteté-là, de dire : ce que je sais de la réalité, c'est ma perception, c'est une perception collective, un consensus de scientifiques... mais le réel est toujours infiniment plus ?

Au niveau de la pensée, il y a donc à accepter qu'il y ait du flou dans nos plus grandes définitions, qu'il y ait de l'ouvert... Cet *ouvert* qui justement nous permettra de ne pas nous enfermer dans l'idéologie ou le fanatisme, qui sont deux plaies et deux poisons de nos sociétés et de l'histoire de nos politiques.

Au niveau des sentiments, il est sans doute plus facile d'appréhender le flou de ce qui nous habite. Prenons l'exemple de l'attente d'un enfant. Il est évident que certains attendent leur enfant avec tout leur amour, avec tout leur désir, mais néanmoins, dans le même moment, il y a d'autres messages qui viennent contredire ce désir, cette attente... Des langages qui viennent du corps, qui viennent des mémoires, qui viennent d'ailleurs... Et si nous sommes vraiment honnêtes, nous sommes flous ! Nous ne savons plus si nous voulons vraiment un enfant, ou si nous n'en voulons pas... Même quand il est là. Le premier regard que l'on porte sur lui, est un regard flou, alors que son regard à lui semble extrêmement clair et c'est cela qui est bouleversant !

Dans ce premier regard de l'enfant qui voit le monde, il y a une immense clarté qui vient d'ailleurs... Et ensuite, son regard devient flou. Il épouse notre propre incertitude devant la réalité. Au départ, lui pose un regard clair sur le flou, alors que nous, nous posons un regard flou sur la clarté de notre inexistence !

Ainsi, finalement, déjà au niveau de notre désir, de

notre désir d'enfant, ce n'est pas toujours aussi clair, c'est flou, c'est ambivalent. Ce n'est plus l'ambiguïté qui prédomine, mais l'ambivalence. Et c'est extrêmement important pour une mère d'accepter cette ambivalence. Cet enfant, elle le veut et elle ne le veut pas ; elle l'aime et elle ne l'aime pas... C'est en même temps l'accomplissement de son propre corps et ce qui, d'une certaine manière, le détruit, le ronge ; lui donne la plénitude de sa forme et pourtant le difforme ! Alors, souvent elle préfère se taire. C'est pourquoi ce beau regard de la mère qui attend un enfant est à certains moments intérieur et légèrement flou quand il se tourne vers le dehors, quand il a à affronter le regard du père qui demande : « Le veux-tu vraiment ou ne le veux-tu pas ? » La réponse est quelques fois balbutiante... Cela dit, dans le regard du père c'est souvent encore plus flou. Pour lui cette attente, est dans sa tête, dans les mots. Cette attente ne lui remue pas le ventre, ne le caresse pas du dedans. Il reste toujours plus ou moins périphérique à ce qui peut s'accomplir à ce moment-là. D'ailleurs, certains pères vivent très mal cette période de flou ; de savoir s'ils veulent ou ne veulent pas l'enfant. Et dans la même phrase, dans le même jour ils peuvent dire : « je ne le reconnais pas et je le reconnais ».

Dans cet exemple, on sent bien cette ambivalence qu'il y a dans le désir de l'être humain, et accepter cette ambivalence c'est devenir adulte. Notre maturité d'adulte se mesure au nombre d'ambiguïtés que nous pouvons supporter et d'ambivalences que nous pouvons assumer.

Vous parlez de l'ambivalence du désir humain. L'état amoureux ne représente-t-il pas le sommet du flou ?

Est-ce le sommet, la vallée ou l'abîme ?... Je ne sais... Mais comme le fond de l'être est flou, le fond de notre amour est également flou. L'être que l'on aime le plus est aussi quelquefois le plus difficile à aimer. Que serait un amour, sans revers de haine ? C'est là quelque chose de très difficile à accepter, que l'on puisse parfois haïr l'être que l'on aime le plus au monde. Vraiment le haïr ! Alors on ne sait plus, on se dit : « Je ne l'aime donc pas ?... Je ne l'ai donc jamais aimé ?!... ».

Et pourtant si, on l'aime. Mais on l'aime d'une manière vraiment humaine, d'une façon réelle, c'est-à-dire avec une lumière, avec une clarté qui ne manque pas d'ombre... et avec une ombre qu'environne la lumière ! Il y a les deux... et c'est troublant.

Personnellement, j'aime beaucoup cette parole de Marie-Noël disant : « *Mon Dieu, je ne vous aime pas.* » C'est une parole d'amour. Pour dire à quelqu'un qu'on ne l'aime pas, il faut énormément l'aimer ! Il faut énormément lui faire confiance ! Car lorsqu'on dit à quelqu'un qu'on ne l'aime pas, on craint tellement qu'il ne nous aime plus... Pourtant, pouvoir dire à quelqu'un que l'on aime, qu'on ne l'aime pas, avouer que le fond de notre être est flou, que le fond de notre cœur est flou, c'est ce qui peut rendre la vie supportable. Vous vous rendez compte, pouvoir dire à l'autre, au lever du jour : « Je ne t'aime pas... Alors laisse-moi prendre mon café tranquille... » !

C'est pouvoir dire : « Aujourd'hui, je ne t'aime pas » ?

Oui. Aujourd'hui je ne t'aime pas. D'ailleurs, demain, non plus peut-être... (rires)

Le plus souvent quand la question est posée, ne répond-on pas plutôt « Je ne sais pas » ; réponse terrible pour celui ou celle qui la reçoit ?

Absolument. Mais vous voyez quand vous dites « Je ne sais pas », vous acceptez d'être floue. Le problème c'est que l'autre, lui, dit : « Mais tu le sais, est-ce que tu m'aimes, ou est-ce que tu ne m'aimes pas ?! » Et quand on vous répond : « Je ne sais pas », c'est évident, vous partez en claquant la porte.

Si un jour quelqu'un vous répond « Je ne sais pas... » vous pouvez vous dire que pour la première fois dans votre vie vous avez rencontré un amant, un amoureux, honnête ! (rires)

En fait, le « je ne sais pas » n'est-il pas aussitôt interprété comme un non. « Non je ne t'aime pas, mais je n'ose pas te le dire... » N'est-ce pas encore une fois refuser le flou et recadrer la réponse sur quelque chose de plus net qui évidemment nous fait souffrir ?

Bien sûr. Pourtant, si nous étions capables d'endurer ce « je ne sais pas », cette ignorance de l'autre (ignorance que l'on peut partager soi-même), nous pourrions aller ensemble à la découverte de ce que nous ne savons pas ; à la découverte de cette clarté qui est peut-être au cœur de ce « par nous », de ce noyau d'impossible qui nous habite et qui est une relation.

Est-ce humainement possible de vivre tout ce flou sans perdre la raison ?

Si nous restons dans le climat scientifique de l'approche de la matière, des réalités du monde dans leurs ambivalences, leur impermanence, c'est la condition même pour vivre une vraie relation, une lucidité sans illusion. On ne demande pas à l'autre de nous aimer absolument, car n'étant pas lui-même un absolu, il ne peut pas aimer absolument. Il nous aimera toujours relativement... Et c'est cela qui est difficile. Car il y a en nous une nostalgie d'enfant qui demande à être aimé absolument ! Nous avons quelquefois pensé que notre mère nous aimait absolument... Mais elle aussi était floue, elle aussi était ambiguë. Ce qu'elle aimait en nous c'était elle, et non pas vraiment nous. En réalité, nous n'avons jamais été aimé absolument, si ce n'est de l'Absolu. Mais...

Qu'est-ce que l'Absolu ?

Là aussi, nous pouvons avoir des idées de l'Absolu, des idées de Dieu très déterminées, avec des explications, des preuves de Son existence. Et c'est de nouveau une peur d'affronter le flou, car il n'y a pas plus flou que Dieu, il n'y a pas plus flou que le fond du fond de l'Être.

Quand on regarde l'Évangile, donc l'incarnation du flou qu'est Jésus lui-même, on doit le regarder avec les yeux d'une amoureuse comme Myriam de Magdala. C'est le seul regard qu'il soit possible de poser sur Lui, car à un moment Il rayonne, Il est le Maître, le Rabbi écouté de tous, Celui qui fait des miracles, et à un autre moment Il est impuissant, sans pouvoir, traîné dans la boue, crucifié... Alors qui est-Il ?

Autant Myriam de Magdala peut accepter le flou de cet être qu'elle aime et qui lui échappe, qu'elle aime lui échappant, autant quelqu'un comme Judas ne peut pas tolérer ce flou. À ce moment-là, pour lui, Jésus est un traître. Il trahit l'image de la toute puissance qu'il avait projetée sur Lui. Le libérateur de l'occupant romain, le thaumaturge qui fait des choses inouïes. Et là, Judas avant d'être un traître, est lui-même un homme trahi ! Il est déçu à la mesure de son attente. Il se rend compte que cet être auquel il se confiait, à qui il avait donné sa vie, le trompe. Ce n'est pas un chef !!...

Jusqu'à la résurrection qui est floue ! Il y en a qui voient, et d'autres qui ne voient pas... De la même manière, comme le dit Pascal : « *Dans la Bible vous trouverez suffisamment de paroles pour croire et suffisamment pour douter.* »

La Bible est grand livre flou... Il n'y a pas une parole qui ne soit contredite par une autre parole ! Mais c'est de ce frottement de deux paroles contradictoires que peut naître une flamme. Une flamme... dans la fumée du flou ! Et ça, pour certains, c'est intolérable. Lisant les *Évangiles*, ils vous diront : « Regardez, ça ne veut rien dire : c'est plein de contradictions ! ».

C'est plein de contradictions, parce que c'est plein de vie.

En fait, il faudrait être capable d'interpréter tous les événements de notre quotidien à partir de cette notion de flou, et dans cette acceptation-là ?

Je crois que les philosophes contemporains n'ont pas encore pensé à partir des données résultant des investigations de type scientifique, du réel. Si le philosophe est quelqu'un dont la tâche est de chercher à penser le réel, et d'élaborer une éthique en coordination avec ce réel, c'est un travail qui n'a pas encore été fait... Les données de la physique quantique n'ont pas été pensées jusque dans une éthique, justement, de notre façon de vivre. Éthique qui ne serait pas une éthique du « tout est changeant », mais une éthique qui permettrait de discerner l'alternance des choses, leur ambivalence. Et cette éthique nous sortirait d'une certaine forme de fanatisme, d'idéologies, de jugements. Ce serait une éthique du respect, de la patience.

Si cette acceptation que le fond de l'être soit flou, et non aussi déterminé que nous le souhaiterions, semble indispensable à une meilleure compréhension de nos relations et donc à une vie plus souplement vécue, comment y parvenir ?

Comment être sûr de soi tout en sachant que nous n'aurons jamais de certitudes sur rien ? Est-ce même possible ?

J'aime bien Pascal quand il dit que : « *l'erreur, c'est l'oubli de la vérité contraire* ». Cette prise de conscience que le fond de l'être est flou, est la prise de conscience du fond de l'être comme paradoxal. Le mot « vérité » appelle le mot « erreur » ou le mot « mensonge ». Il n'y a pas de jour sans nuit...

Au niveau de la langue elle-même, nous pensons toujours en binaire. Et le problème, c'est qu'au niveau de l'utilisation que nous faisons de notre cerveau, nous restons dans l'opposition de ce binaire. Or, une autre utilisation de notre cerveau serait de voir les deux opposés ensemble, cette fois non pas comme opposés mais comme complémentaires. De voir qu'effectivement il n'y a pas de jour sans nuit, il n'y a pas de vérité sans mensonge... Comme le dit Lao Tseu : « *Dites ceci est beau et voici venir le laid.* » Le mot *beau* appelle la laideur. La laideur est une création du beau, et nous ne pouvons pas avoir l'un sans l'autre. Et ça, c'est poser sur le réel un regard global. Mais ce regard est légèrement flou, parce que les contradictoires, les opposés s'y révèlent comme complémentaires.

Alors, est-il possible de vivre cette vie paradoxale, cette vie qui acquièsce au flou de l'être ? Je crois que oui, parce que c'est une vie qui, à ce moment-là, est délivrée de toute inflation. Qu'est-ce que l'inflation ? C'est prendre une partie de la vérité pour toute la vérité. C'est aussi une définition de l'hérésie, c'est-à-dire prendre une part de la vérité et l'ériger comme étant toute la vérité !

Freud, par exemple, a bien sûr une part de vérité, mais quand il veut tout expliquer à partir de cette part de vérité, il devient un hérétique. Pour Nietszche, c'est la même chose... ainsi que pour chacun de nous quand nous érigeons notre petite expérience de la vérité comme étant toute la vérité. Or, justement, accepter l'insaisissable ou le côté complémentaire, inconnu, de ce que nous connaissons, va nous permettre de sortir de cette éternelle poursuite. Peut-être que l'éthique dans laquelle nous conduit cette appréhension du flou de l'être, est-elle une éthique de l'humilité. Lorsque je dis à quelqu'un que je l'aime, je ne fais pas de cet amour un absolu. Je connais mon ambiguïté et je sais que je peux aussi ne pas aimer... Et quand je dis de quelqu'un que je ne l'aime pas, qu'il m'énerve, je peux aussi relativiser mon agacement ou ma haine, parce qu'en même temps, quelque part, je peux l'aimer !... Alors vous pouvez me dire, est-ce que cela ne conduit pas vers une attitude de non-choix, d'indifférence, d'indéterminisme ? Il y a là une autre question intéressante à dévelloper, celle du déterminisme. Cette appréhension du flou nous rappelle que rien n'est définitivement déterminé. Il ne faut pas oublier cette dimension d'indétermination où vient justement se situer notre liberté. C'est pourquoi je pense qu'affirmer que le fond de l'être est flou, c'est dire qu'il y a, dans l'être même, un espace pour l'exercice de notre liberté, pour l'exercice de l'interprétation.

Le monde n'a peut-être pas de sens (ou le sens nous est donné dans le flou...), c'est à nous de lui donner du sens !

Cependant, l'homme doit donner du sens à ce qui lui arrive sans perdre la qualité, sans faire du sens qu'il donne à ce qui lui arrive une sorte de corset rigide dans lequel il penserait tenir le réel. Il doit se garder souple dans ce vêtement de concepts et de déterminations, faire de ses mots quelque chose d'assez fluide pour permettre au flou de respirer et à sa liberté de s'épanouir.

Mais, essayer de donner un sens à ce qui nous arrive, n'est-ce pas quand même, une fois encore, essayer d'échapper au flou ?

Oui. C'est un réflexe de sécurité. C'est la main du mourant qui se referme, qui s'accroche aux draps, comme si la vie même était dans les draps et qu'elle nous échappe...

Il y a de belles images.

À ce niveau-là je dirais que le fond de l'être est liquide mais la pensée gèle ce fleuve de la vie. Nous n'avons d'appréhension du monde qu'hivernale... Que vienne une pensée printanière et les concepts fondent, s'écoulent, et le fleuve de la vie reprend son cours. Nous avons une façon de figer l'amour, de figer une relation, de figer la matière ! Et ce que nous appréhendons de la matière, c'est un point de vue de la matière, c'est un arrêt sur image. Cet arrêt sur image est une façon d'idolâtrer l'image que nous avons mais nous oublions que la matière, elle, continue de couler. Nous retrouvons là une pensée Héraclitéenne, où l'être, c'est le devenir.

Aujourd'hui encore, dans la pensée contemporaine, il s'agit bien de penser l'être comme sans cesse en devenir. La seule chose qui ne change pas, c'est le changement ! Alors, évidemment nous pouvons dire cela facilement, ou métaphysiquement en citant Héraclite, mais quant à le vivre... Quant à laisser couler... Car il ne s'agit pas de se noyer, mais de nager.

Cette notion de flou a tout de même une connotation péjorative. On y ressent quelque chose de trouble, voire de mensonger. Alors que la notion de fluide est beaucoup mieux acceptée. Tout aussi insaisissable, mais moins inquiétante...

Le flou, c'est le regard que l'on pose sur le fluide. L'être est ce qu'il est, il s'écoule. Et à observer quelqu'un qui s'écoule c'est alors notre regard qui devient flou. C'est le fait de ne pas pouvoir s'arrêter, de ne pas pouvoir s'arrêter sur une image qui crée une sorte de malaise, de mal être. Comme si notre regard, tel un appareil photographique était fait pour figer des images et se les garder... Or là, il ne peut rien garder et cela crée une espèce de flou. Il y a un moment où l'on ne sait plus. On ne sait plus ce qui est vrai, ce qui est bon, ce qui est juste. On ne sait même pas ce qui est réel, puisque ce qui est réel va nous échapper, va mourir... C'est pourquoi notre regard est floué... se sent floué.

C'est comme une barrière envers toute possession. Une limite qui nous oblige à concevoir l'autre, la vie humaine, comme non déterminé. On ne pourra pas donc pas le saisir, pas le posséder ?

Là je crois que vous touchez le fond même d'une éthique qui peut naître de cette appréhension du flou de l'être. L'autre, que ce soit la matière, un corps, un visage, une idée, l'autre on ne peut jamais en faire un avoir. On ne peut jamais avoir l'autre. On ne peut pas avoir Dieu, on ne peut pas avoir la vérité, on ne peut pas avoir l'amour ! On peut simplement être avec.

Et la façon la plus claire d'être avec le flou, c'est effectivement non pas de couler avec, mais de nager avec, d'être avec cet autre que l'on n'a pas, et dont on n'a pas la même image qu'on attendait qu'il soit !

Il y a là une façon d'être dans l'humilité, et vous l'avez très bien dit, le flou c'est entrer dans ce renoncement à faire de l'autre un avoir. Si on aime l'être en tant qu'être, on accepte de ne pas l'avoir... mais on marche avec lui.

Ce n'est pas la relation qui est impossible, mais l'appropriation !

XV

L'Incontournable Fluidité de l'Homme

Comme nous l'avons évoqué, la notion de flou de l'être humain est sans doute capitale pour mieux comprendre ses différentes réactions, mais demeure toutefois un terme délicat à utiliser. En revanche, la fluidité *de l'être humain, n'est-ce pas aussi une réalité qu'il serait important de mieux développer, et pourquoi ne pas en faire la conclusion de ce grand tour d'horizon que nous venons d'effectuer ensemble ?*

Quand nous parlons de fluidité de l'être, nous pensons immédiatement à Héraclite qui nous rappelle que l'être n'existe qu'en tant que devenir. C'est la fameuse image du fleuve dans lequel on ne se baigne pas deux fois... Et il est vrai que l'être est devenir, c'est d'ailleurs dans ce sens-là que l'on peut dire que l'être est fluide. Ceci est une belle image, car on pourrait dire que la vie, le vivant, est un fluide en nous et ce fluide, parfois, se gèle. Cette eau se gèle, s'arrête... Et le drame de l'être humain est justement d'être arrêté dans son corps, dans sa pensée, dans son désir. Souvenons-nous de notre définition de la bêtise : c'est quelqu'un dont l'intelligence est arrêtée par ce qu'il sait. Au niveau du désir, c'est quelqu'un qui est arrêté par l'objet de son désir, et qui se perd en tant que sujet de désir. Mais tout ceci est également vrai dans le corps. Lao Tseu dit que l'enfant est fluide. Lorsqu'il tombe, il se redresse sans douleur, alors qu'en vieillissant nous devenons rigides, raides. C'est un des signes de la vieillesse et de la mort.

La vie est fluide mais la mort est rigide ! C'est pour cela que l'on peut parler de « rigueur du flou », mais pas de rigidité. La notion de flou, comme la notion de fluide, nous permet de sortir des rigidités, des raideurs, dans lesquelles nous voulons parfois faire entrer la vie.

Nous pouvons également parler de la notion de fluide au niveau de la physique, puisque nous sommes de l'eau. Une eau qui peut devenir de la glace, qui peut devenir un courant qui nous emporte, qui peut aussi devenir de la vapeur, de la buée... D'un point de vue biblique il est important de rappeler que le fond de l'être est buée : *« Buée de buée... Tout est buée... »* Il ne s'agit pas seulement de vanité, mais d'une évanescence, une impermanence. Et accepter cette impermanence, accepter cette fluidité, c'est la sagesse même.

Ne pousse pas la rivière... Elle coule toute seule ! Dès lors, la question sera : comment, non pas couler avec la rivière dans le sens de se perdre, mais comment permettre à la rivière, au fleuve de la vie, de prendre son essor à travers nous ?

Cette notion de fluidité de l'être, peut-elle nous aider à comprendre et à mieux assumer les problèmes du quotidien que nous pouvons rencontrer ?

Je crois que l'image du fluide et de l'eau est une bonne image, dans la mesure où l'eau épouse tous les obstacles qu'elle rencontre. Elle les épouse et s'y adapte. Et le propre de l'intelligence (*intelligere* : lire dans le réel), c'est justement de s'adapter au réel. Notre intelligence doit coller au réel et non essayer de le changer. Un esprit rigide, un esprit idéologue, fanatique, intégriste dans le sens où nous en parlons aujourd'hui, n'aborde pas le réel avec fluidité. Il l'aborde à partir de ses raideurs, quelquefois des raideurs sans rigueur, et veut faire entrer le réel dans ses concepts. Il y a alors quelque chose de presque criminel à l'égard du réel, car le réel n'a pas à s'adapter à nos points de vue, à nos idées, à nos idéologies, à nos grilles de lectures. Au contraire, c'est à nous, sans cesse, de nous adapter comme l'eau s'adapte aux rochers de l'existence, et nous allier avec ce que le réel nous donne à vivre. La fluidité, c'est tout un art de vivre !

Quand vous tenez un enfant dans vos bras, ce qui est merveilleux est bien cette fluidité, cette douceur, cette façon d'épouser, de s'abandonner aux mouvements mêmes de votre propre corps. En fait, quand vous le portez, son mouvement ne s'oppose pas au vôtre.

Au niveau psychologique, un cœur fluide est un cœur capable de partager vos émotions : être triste quand vous êtes triste, être dans la joie quand vous êtes dans la joie, sans Loi avec les sans Loi, même si nous ne sommes pas véritablement sans Loi... Je cite là saint Paul, qui donne un bel exemple de fluidité. Fluidité, d'ailleurs, qu'il n'avait pas toujours... Notamment à l'égard des femmes...

Puis, plus profondément, c'est-à-dire plus évangéliquement, il y a sans cesse l'exemple du Christ et des prophètes. Le Christ reprend l'enseignement de tous les anciens prophètes d'Israël, qui disent : « *Comment changer notre cœur de pierre en cœur de chair ?* » L'image qui est donnée est celle de la pierre frappée par le bâton de Moïse, qui se transforme alors en eau vive ! Ou encore l'image du cœur de pierre de la Samaritaine à qui le Christ promet l'eau vive : « *De son sang couleront des fleuves d'eaux vives...* »

À la place du cœur nous avons une pierre, et aucun fluide n'en sort. Il faut que nous retrouvions en nous cette dimension de l'eau vive, de l'eau vivante. C'est intéressant que Jésus prenne cette métaphore pour parler de l'esprit. Être spirituel, c'est donc retrouver notre fluidité, retrouver la fluidité de l'être.

Je pense aussi au curé d'Ars, qui était un bon curé catholique, et qui disait : « *Les saints ont le cœur liquide...* » Littéralement, on pourrait dire que les saints ont le cœur fluide, dans le sens où ils ne servent pas de leurs opinions, de leurs sentiments, de leurs idées, pour les asséner aux autres, mais tout ce qui est vivant en eux est là pour épouser l'instant, pour épouser ce qu'il leur est donné de vivre. Les saints, ou les êtres tout simplement humains, ont vraiment le cœur fluide, souple, vivant. Et au fur et à mesure que nous progressons dans notre inhumanité, nous, nous nous endurcissons...

Chez les Anciens, un des synonymes du mot péché, était la dureté du cœur, l'endurcissement du cœur. Encore une fois, il ne s'agit pas de juger. On comprend que l'on puisse s'endurcir, que l'on se blinde, que l'on se protège quand on a suffisamment souffert pour cela... Mais néanmoins, comment rester fluide, comment malgré tout rester liquide... sans se disperser ?! Là, nous revenons de nouveau au paradoxe de la rigueur du flou.

Il faudrait aussi parler d'une certaine solidité du

fluide ! Ou encore d'une certaine façon de canaliser le liquide, l'élan de ce qui nous traverse. Il ne s'agit pas du tout d'être dispersé, sans points de repères, il s'agit d'être dans le réel, c'est-à-dire d'épouser ce qui est, avec souplesse. Jésus dira : avec douceur.

Comme vous le faites remarquer cette notion de fluidité évoque le symbole de l'eau. Le symbole de l'eau suggère, bien sûr, la puissance et la souplesse, mais c'est également le symbole de la féminité.

Serait-il possible que cette fluidité de l'être soit d'autant plus difficile à vivre dans la mesure où notre éducation, notre société, refoule toujours les caratéristiques du pôle féminin, au bénéfice de qualités plus rigides, plus carrées, plus viriles ?!

Votre question est très importante, et difficile. Cette difficulté est d'ailleurs peut-être encore plus forte pour les femmes que pour les hommes... Dans le domaine de la sexualité, de la santé à ce niveau-là, on parle de « femmes-sources », de « femmes-liquides » Il y a donc bien, comme vous le faites remarquer, une affinité entre le féminin et l'eau, le liquide, l'inconscient. Mais, effectivement, il y a des femmes sèches comme il y a des femmes sources... Cela dit, chez les hommes c'est la même chose. Il y a des hommes secs, dans leur corps comme dans le cœur et dans leurs pensées, et il y a aussi des hommes, non pas humides, poisseux ou gluants, mais purement liquides. Que l'on soit de sexe masculin ou féminin, cette fluidité de l'être n'est donc pas sans lien avec notre réconciliation ou notre position envers la féminité, c'est-à-dire avec l'élément *eau* en chacun de nous. Il est vrai qu'il y a nombre de choses intéressantes à observer à ce niveau-là. Finalement, qu'est-ce qui rend notre corps liquide ? Qu'est-ce qui le liquéfie, ou le rend fluide ? C'est sans doute lorsque l'amour habite notre corps...

Cette qualité de fluidité de l'être n'est-elle pas d'autant plus difficile à admettre qu'elle va totalement à l'encontre du besoin qu'a l'être humain de saisir, de posséder, de maîtriser, car un être vraiment fluide n'est-il pas insaisissable ?

Absolument... C'est l'eau qui nous échappe. Je crois que lorsque nous évoquons la fluidité de l'être nous sommes dans un type de pensée à l'opposé de l'Aristotélisme. Nous sommes plutôt dans la pensée du Tao Te King. Les métaphores des nombreux disciples du Tao sont toujours des métaphores où il existe un lien entre le féminin, l'ombre, et l'eau, le liquide, le fluide. Et ce sont tous ces éléments qui sont valorisés : l'ombre qui contient la lumière ; la vallée qui est le féminin, et l'eau qui épouse toutes choses et donc arrive à bout de toutes choses.

Néanmoins, nous n'avons pas évoqué cet aspect : l'eau peut aussi être le déluge. Il y a dans l'eau quelque chose de dissolvant.

Cela dit, quand je parle du fluide, je ne parle pas de son caractère dissolvant. Au contraire, l'eau épouse la forme de l'autre mais sans vouloir l'imprégner ! Bien sûr, cela suppose que l'autre ait lui-même sa propre forme, sa résistance... La fonction du fluide n'est pas de s'immiscer, de dissoudre tout ce qu'il rencontre, mais cela peut quand même arriver lorsqu'il ne rencontre pas une résistance suffisante pour les noces qu'il attend...

Nous nous rendons compte à quel point cette fluidité de l'être porte en elle le symbole de l'eau. Cette fluidité est également présente et extériorisée par les larmes. Cependant les larmes, symbole premier de cette fluidité est la première chose que l'on nous apprend, dès le plus jeune âge, à réprimer, à cacher.

En fait, dès l'enfance ne nous enseigne-t-on pas à surtout ne pas être fluide, ni physiquement ni psychiquement ?

Comme vous le savez, une des grâces que les moines du Mont-Athos demandent sans cesse à Dieu, est ce qu'on a appelé dans la tradition « Le don des larmes ». Le don des larmes est justement ce signe que l'on passe du cœur de pierre, au fleuve d'eau vive. C'est-à-dire qu'effectivement l'homme retrouve sa fluidité. D'un point de vue psychologique, un très beau livre a été écrit sur « l'enfant aux yeux de pierre » : un enfant qui ne pouvait pas pleurer... Personnellement, j'ai connu des personnes très gravement malades qui ne pouvaient plus pleurer. Cela faisait au moins trente ans qu'elles n'avaient plus pleuré... Et leur rendre l'accès aux larmes, c'est leur rendre l'accès à eux-mêmes. C'est parfois l'expérience du pardon qui leur rend de nouveau le cœur liquide à travers les larmes.

Certes, il est vrai qu'il y a aussi des larmes de sensiblerie... Mais encore une fois, quand nous parlons de fluide, nous ne parlons pas de dispersion, d'un manque de cohésion interne, de dissolution. Nous parlons d'un mouvement particulier de l'être. Quand on sait que dans une larme se trouve le résumé de toutes nos humeurs : à la fois physiques et psychiques telles les sécrétions, on s'aperçoit que les larmes peuvent être d'une richesse d'analyse extraordinaire.

Pleurer est une grande grâce.

Comme pour le curé d'Ars ou d'autres, lorsqu'ils disaient qu'ils avaient le cœur liquide, ils voulaient dire qu'ils étaient capables de pleurer. Une personne comme Catherine de Sienne, qui avait aussi ce don des larmes, avait demandé que ses larmes soient intérieures.

Il est également très intéressant de rappeler que pour Thomas d'Aquin, le don d'intelligence est lié au don des larmes. Devant la beauté, devant l'amour, nous n'avons plus de mots, nous n'avons plus de langage, et là... nous pleurons. On pleure de joie, disait aussi Pascal.

En réalité, lorsqu'on aime quelqu'un, que l'on vit certains moments de beauté, de compréhension, il n'y a plus rien à dire, il y a simplement à pleurer. Là, ce sont par exemple les perles de Myriam de Magdala... Effectivement, ce qu'elle a à dire à l'homme qu'elle aime ne passe plus par les mots, mais par les larmes. Ce langage des larmes serait vraiment intéressant à retrouver. Pourtant, comme vous le dites, ce qu'on nous apprend depuis notre plus jeune âge c'est : « ne pleure pas... », et surtout si c'est un garçon ! Vous voyez, c'est surtout pour les garçons... De nouveau, on va apprendre au petit garçon à réprimer sa dimension féminine. Et une petite fille sera fière d'être comme un garçon, parce que justement elle ne pleure pas quand elle tombe de cheval, quand elle reçoit des coups, quand elle perd un ami...

Alors comment accepter, en premier, ces larmes de douleur. Quand on a mal, ça fait du bien de pleurer ; ça évacue énormément de tension. Dans une relation, oser pleurer devant l'autre est aussi très important pour évacuer les tensions accumulées. Et puis, également, pleurer devant Dieu. La plus belle prière, celle à laquelle Dieu ne peut pas ne pas répondre, est vraiment celle des larmes. Quand on pleure devant Dieu, on ne sait même pas ce qu'on demande. On est complètement flou, on est complètement fluide, on ne sait plus demander, mais on sait que l'on souffre et que l'autre a mal alors qu'on voudrait son bonheur. Tout cela, on ne peut le dire qu'avec les larmes.

Chez les Anciens, le don des larmes est aussi la grâce de l'Esprit Saint. Ces fleuves d'eau vive, c'est le cœur qui nous monte jusqu'aux yeux, qui déborde, qui nous remplit et nous conduit au-delà. D'un point de vue métaphysique, il y a là aussi quelque chose de très important à redécouvrir... Quand Thomas d'Aquin avait un problème métaphysique à résoudre, il demandait à Dieu le don des larmes. C'est-à-dire que la compréhension lui venait à travers les larmes. Les larmes viennent après les mots.

Entre deux êtres, c'est quelquefois la même chose... En fait, la raison pour laquelle il est si difficile de parler de la fluidité, c'est que les mots sont, d'une certaine façon, une solidification, une vitesse beaucoup plus lente de la pensée. Comme la matière est la vitesse la plus lente de la lumière, les mots sont une vitesse très lente de la pensée. Et ce moment où notre pensée est traversée par les larmes, c'est le moment où la matière rejoint un peu la vitesse de la lumière, le moment où les mots rejoignent, ce qu'on pourrait appeler la vitesse et la densité de la pensée.

Instant où le cœur humain rejoint le cœur de Dieu.

Au-delà des larmes, cette image de fluidité laisse également voir un homme en marche. Un être fluide serait un homme en marche, et un être rigide serait un homme qui stagne, qui tourne en rond ? Cette fluidité permet-elle de trouver son chemin ?

Oui, ce que vous dites est important. Nos métaphores de l'eau et du fluide ne doivent pas nous faire oublier qu'il existe aussi des eaux stagnantes, des eaux croupies. C'est une espèce de solidité sans consistance, alors que le fluide, c'est une consistance en mouvement. Il est donc important de discerner si nos fluides ne tournent pas aux eaux stagnants et pourrissantes (il y a là quelque chose de nauséabond...), car à ces eaux pourries on préférera évidemment la limpidité du diamant et du cristal. La pierre la plus dure vaut toujours mieux que les quantités d'eau les plus considérables si elles sont sans vie. En revanche, ce qu'un tel diamant ne peut pas rejoindre c'est le mouvement !

Moi, quand je parle de fluidité, je pense à un diamant, mais un diamant en marche, en mouvement. En fait, il s'agit de tenir ensemble la qualité cristalline et puissante que l'on voit dans certains ruisseaux, dans certaines chutes, et en même temps le mouvement.

Ainsi, lorsque nous parlons de fluidité, si ces fluidités ne sont pas celles de la stagnation de la dispersion, de la dissolution, ce qui est caché derrière ce terme de l'être fluide c'est effectivement « l'être en marche » ?

Et justement, quand on relit les *Béatitudes*, que vient faire le Christ dans le monde sinon nous remettre en marche ?

En marche les *humiliés*, les *épuisés dans leur souffle* (comme le traduit Chouraqui). En marche les essouflés ! Là où l'essouflé a tendance à se recroqueviller, à s'accroupir, à devenir une eau croupissante, Jésus le remet en mouvement, le remet en fleuve. *En marche ceux qui pleurent...* Parce que là aussi, comme nous l'avons dit, nos larmes peuvent être les larmes amères des eaux noires. Il s'agit alors de remettre nos larmes dans le mouvement du fleuve, c'est-à-dire de ne pas s'arrêter dans nos étangs. Il ne doit pas y avoir de complaisance dans nos larmes. Quand Jésus pleure sur Jérusalem, quand Il pleure son ami Lazare, ce n'est pas pour s'appesantir sur sa mort mais pour retrouver là une énergie capable de le relever, de le faire sortir du tombeau. Ainsi, retrouver en nous la fluidité de l'être, c'est retrouver l'être en mouvement, l'être en marche. Et quelquefois les larmes, l'attendrissement du cœur, sont pour nous des moments de transitions importants où, au lieu de nous arrêter, de nous accrocher sur cette calomnie, cette injure, ou cette culpabilité qui peut nous envahir, de nouveau on va se relever et retrouver cette égale fluidité de ce qui n'est jamais arrêté.

Là, nous retrouvons cette parole de Grégoire de Nysse que j'aime tant qui dit : « *Nous allons de commencements en commencements.* » Nous allons tous vers des commencements qui n'ont jamais de fins, et c'est là le sens non-figé, non-arrêté, de la fluidité de l'être. Car le vrai malheur, c'est d'être arrêté. Arrêt sur image... Arrêt sur émotion, arrêt sur concept, arrêt sur idéologie. La fluidité c'est, au contraire, ce qui nous remet en marche et nous conduit au-delà de l'image que nous avons de nous-mêmes, au-delà de l'image que nous avons de l'autre, au-delà de l'image que nous avons de Dieu. C'est ce qui nous remet en marche au-delà de l'objet de notre désir dans lequel nous pourrions aliéner et enterrer notre désir ; qui nous remet en marche au cœur même de nos concepts en sachant que la représentation que nous avons de la chose n'est pas la chose... Dès lors notre esprit retrouve sa fluidité, son intelligence, sa bienheureuse insécurité.

Toute la beauté de l'homme semble venir de cette fluidité. Lorsqu'il est dit que Dieu créa l'homme à Son image. Cela signifie-t-il qu'Il le créa à l'image de Sa propre fluidité ?

Dieu est-il l'Être fluide par excellence ?

Oui, très certainement. Vous rejoignez la tradition des anciens qui disent que : « *Dieu Inconnu, a créé l'homme à Son image, c'est-à-dire l'homme inconnu...* » À la place du mot « inconnu » nous pourrions mettre « Dieu insaisissable-Homme insaisissable ». C'est donc aussi « Dieu fluide-Homme fluide »...

Cependant dire que Dieu est fluide, ne veut pas dire que l'on peut en faire ce que l'on veut, lui faire épouser les formes de notre propre esprit, de nos propres concepts, cela veut dire que comme l'eau, Il nous échappe ; comme la vie, Il nous échappe. Vouloir la garder, c'est l'arrêter, l'arrêter c'est la geler, la geler c'est d'une certaine façon la densifier, la matérialiser, l'objectiver et donc passer à côté de la réalité même de son être.

Ce que nous connaissons de Dieu, c'est une solidification, un gel. Toutes nos définitions de Dieu sont une façon de le geler avec notre esprit froid. À ce propos, il serait intéressant d'évoquer un grand penseur comme Origène, qui dit que « *l'esprit est fluide, et la psyché est solide* ». En fait, l'homme devient psychique dans la mesure où il se gèle, où il devient froid. Le tempérament psychique est ce regard froid sur les êtres et sur les choses, alors que le propre de l'esprit est ce « zelos », que l'on retrouve dans la liturgie orthodoxe, c'est-à-dire un petit peu d'eau chaude qui fait fondre la glace et rend à l'esprit sa fluidité.

Il existe chez les Anciens des métaphores très intéressantes où le solide, la matière, est ce qui demande à être réchauffé... Ainsi, quand en nous, cette glace, cet esprit froid, ces pensées froides, ces concepts froids, cette objectivation de Dieu, entrent dans la chaleur de la vie, alors toutes ces notions redeviennent liquides. À ce moment-là, Dieu *n'existe* plus : Il *est* dans ce courant. Il n'est pas une chose que l'on peut saisir, mais *quelqu'un* avec qui l'on peut se baigner... *Quelqu'un* avec qui l'on peut partager un instant, partager un bain de lumière, un bain de conscience, de compréhension. Non pas pour s'y dissoudre, mais simplement pour s'y réchauffer l'âme et le cœur, et quelquefois aussi s'y rafraîchir... Car il ne faut pas confondre la fraîcheur et la froidure.

Quelles sont les principales raisons qui font que la plupart des hommes sont des êtres au cœur de pierre plutôt que des êtres épanouis dans leur fluidité ?

C'est toujours la peur. C'est la peur qui nous rétracte. Quand on a peur de quelqu'un, de l'inconnu, on se raidit. Au contraire, lorsque nous sommes dans la confiance, on se lâche, on se relâche, on s'abandonne. Et puis, ce qu'on appelle l'ego, est finalement une énorme crispation ! Une crispation de l'être qui ne veut pas couler, qui ne veut pas mourir.

Pourquoi avons-nous des cœurs de pierre ? Pourquoi sommes-nous rigides, psycho-rigides ? Parce que nous avons peur de mourir !

Si nous n'avons pas peur de mourir, nous n'avons pas peur d'aimer, nous n'avons pas peur de nous tromper, nous n'avons pas peur de ce que les autres peuvent penser de nous... Alors, effectivement on est un peu liquide, on est plus fluide.

Au niveau de la psychologie (certaines psychologies de types Jungiens) le passage du Moi au Soi est le passage du rigide au fluide. C'est le Moi crispé sur ses pensées, sur sa pseudo-identité, qui lâche et qui s'accepte comme inconnu à l'image de l'Inconnu. Qui accepte d'aimer sans savoir aimer, de vivre sans savoir ce qu'est la vie ; qui accepte de mourir sans savoir ce qui l'attend...

Le problème c'est que dès que l'on veut savoir, il y a comme un raidissement. Nous sommes tel un cheval qui se cabre devant l'inconnu, devant ce qu'il pressent comme une agression. Alors que lorsqu'il a retrouvé sa confiance, il a une manière de présenter son encolure toute à fait différente... Il est à nouveau une merveille de fluidité.

D'une part, vous nous dites que le fond de l'être est flou, et que d'autre part la raison d'être de l'humain est d'être fluide. Le Christ, Dieu incarné, était-Il, lui aussi, à la fois flou (ce qui l'a fait être chassé, pourchassé) et fluide (ce qui lui permit tout de même d'aller au bout de son chemin avec la douceur que l'on connaît) ?

Le Christ était effectivement flou, et c'est dans ce sens-là qu'il a beaucoup déçu ses disciples qui, eux, lui demandaient sans cesse de prendre parti, de prendre position vis-à-vis de l'occupant romain. C'est ce que quelqu'un comme Judas (et d'autres disciples) n'a pas pu supporter. Il ne cessait de lui demander : « Qu'elle est ta place ? Vas-tu réellement chasser l'oppresseur ?

Es-tu vraiment l'incarnation de la justice ? ». Et l'attitude de Jésus a complètement déçu ces esprits rigides. En effet, pour Lui, il n'y avait pas d'occupants romains, de pharisiens, de publicains, il n'y avait que des personnes. Et avec chacune de ces personnes, Il trouvait le mot, l'attitude, les plus justes. Telle une eau qui, comme nous le disions, épouse les contours de l'obstacle qu'elle rencontre. Alors, oui, cette eau ne suivait pas le cours que Judas, Pierre et les autres, auraient voulu lui voir prendre contre telles ou telles choses considérées comme ennemies.

L'événement le plus fort, face auquel le Christ est à la fois flou et fluide, c'est la mort : « *Ma vie, on ne me la prend pas c'est moi qui la donne.* »

Il va bien jusqu'au bout de sa vie. Il n'y a pas de plus grand amour que de donner sa vie pour ses amis. Il laisse couler à travers Lui le mouvement même du don. Jusqu'au bout. On ne sent aucun moment où il se crispe, même à l'instant où Il demande s'il est possible que cette coupe s'éloigne de Lui... Pourtant, il pressent bien que la vie va s'engouffrer dans la mort, et Il connaît alors, non pas un moment de résistance, mais un moment d'interrogation : « *Père... Pourquoi m'as-tu abandonné ?* » Nous savons bien que ce n'est pas le Père qui l'a abandonné, mais la conscience du Père. Le fleuve ne sait plus vers quoi, vers qui, il court... Malgré tout Jésus s'abandonne : « Père, que Ta volonté soit faite. » Et Il adhère, d'une façon complètement fluide à ce passage.

Alors, bien sûr, vous pourriez me dire « flou, fluide » n'est-ce pas tout le contraire de ce que l'on a considéré comme étant la vérité ? Peut-être la vérité ne supporte-t-elle pas le flou ?...

Mais de quelle vérité parlons-nous ? Par exemple,

nous savons que la vérité évoquée dans les évangiles n'est jamais une vérité objective : A n'est pas A ; B n'est pas B... Attention, nous ne sommes pas dans le régime de la non-contradiction, mais c'est du jaillissement des contraires que naît la vérité : *l'erreur est l'oubli de la vérité contraire.*

Vérité en grec, *Alethéia,* c'est un état de vigilance, d'attention. C'est-à-dire un état de conscience fluide à l'égard de tout ce qui nous arrive. Il s'agit de chevaucher le vent, de chevaucher l'instant dans ce qu'il a de plus inattendu, sans ces *a priori* solides qui nous font dire que les choses doivent être comme ceci ou comme cela, sous peine d'être rejetées et exclues ! Ce qui entraîne douleurs et souffrances...

Jésus chevauche sans cesse le vent. Il est sans cesse soulevé, habité, par le *pneuma*, par l'esprit. Et c'est ce qui Lui donne cette fluidité, et donc cette douceur devant la mort, devant ses ennemis. Il ne leur oppose pas un cœur de pierre, un cœur qui les juge. Il leur oppose sa souplesse, son innocence, son enfance.

Comment retrouver, épouser chaque jour, dans notre quotidien, dans les épreuves que l'on traverse, cette fluidité que nous avons en nous mais qui semble emmurée ? Comment laisser venir cette fluidité qui nous permettrait de mieux vivre ?

D'abord il faut se prendre, comme le dit l'expression, « À bras le corps », c'est-à-dire qu'il faudrait se détendre, se prendre nous-mêmes dans nos bras... se caresser.

Bon... Attention, je ne fais évidemment pas l'apologie de l'onanisme ! (rires).

Ce que je veux dire, c'est qu'il faut avoir un peu de tendresse et d'humour à l'égard de soi-même, car c'est ce qui nous détend. Et au niveau physique, c'est en effet une certaine détente qui est recherchée. D'ailleurs être détendu, c'est enfin voir à quel point nous pouvons être crispés, coincés (sans se culpabiliser de cela). Il faut apprendre à respirer, à respirer profondément. À marcher doucement sur la terre, tout en respirant. La fluidité, c'est le Souffle, c'est le *Pneuma.*

Ensuite, au stade affectif, pour retrouver cette fluidité il faudra alors sortir de cette espèce d'exigence à l'égard de l'autre (ou à l'égard de soi-même) pour qu'il soit parfait.

La fluidité, c'est le deuil de la perfection.

La perfection est rigide, mais le réel est fluide. Et l'on a sans cesse à choisir entre le réel ou la perfection ! Mais la réalité n'est pas parfaite. Dès lors, quand on aime quelqu'un (que ce soit son enfant, son compagnon, la femme de sa vie) il s'agit d'accepter qu'il ou elle ne soit pas parfait, et épouser ses imperfections. Comme une mère épouse, et même va chercher son enfant dans ses imperfections, puisque c'est à partir de là qu'elle pourra le relever, le consoler.

Le Christ était vraiment comme cela. Non seulement avec Ses disciples, mais aussi avec tous ceux qu'Il rencontrait. C'est cela qui était bouleversant pour ceux qui le rencontraient. Il n'exigeait rien d'eux. Seulement leur bonheur, leur éveil à la vérité.

La fluidité suppose aussi la confiance. Faire confiance à l'autre, à ses limites. L'aimer dans ses limites, épouser ses limites, mais sans complaisance ! La fluidité n'est pas de la complaisance ! C'est de l'intelligence. Puisque l'intelligence c'est adhérer à ce qui est. C'est lire dans ce qui est.

Au niveau intellectuel, la fluidité ce sera donc de remettre les concepts à leur place. Nous parlons en binaire, et dès que nous employons le mot « blanc » c'est que le mot « noir » existe, etc. Et cette fluidité nous permet de saisir la relativité du blanc et du noir, du Bien et du Mal : « *Buée de Buée...* comme le dit le Quoélet, *le juste et le criminel se retrouvent ensemble dans la fosse commune...* »

Alors arrêtons de coller des étiquettes, des diagnostics ! Mais cela ne veut pas dire être dupe, cela ne veut pas dire laisser faire n'importe quoi ! Il s'agit seulement d'adhérer à ce qui est pour transformer ce qui est. Au lieu d'imposer à ce qui est d'entrer dans nos catégories qui sont toujours plus ou moins rigides, fermées, sur la défensive, et donc limitées.

S'il était possible de conclure une telle chevauchée à travers la fluidité de l'être, quelle parole nous donneriez-vous à méditer ?

Comment conclure de manière fluide... ? Je crois que je murmurerais sans cesse :

« *Ne pousse pas la rivière... elle coule toute seule.* »

Sur le chemin du rire et des larmes

Merci pour ce repas
Où revenant d'innomables charniers
Vous m'avez fait rire
...
C'était le même sel
Dans ce rire aux larmes
Que dans les larmes
D'impuissance et de colère,
La veille
...
Le même sel
Qui s'extrait de nos chairs
Pour dire le poids du monde
Et la légèreté du devenir
...
Le rire, le baiser
La nuque
Sont peut-être l'issue
...
Un peu de tendresse humaine
...
L'attente de l'autre n'est pas l'adversité de l'autre
Mais son très possible visage
Qui de loin ou de près nous regarde
...
Finisse le règne
Où l'absurde et la peur sont « moi »... !

Jean-Yves LELOUP

Table des matières

Composé par P.C.A.
44400 Rezé

Cet ouvrage a été achevé d'imprimer en novembre 2002
dans les ateliers de Normandie Roto Impression s.a.s.
61250 Lonrai
N° d'imprimeur : 022653
Dépôt légal : novembre 2002

Imprimé en France